エチュード春一番

第一曲　小犬のプレ

荻原規子

角川文庫
22367

目次

登場人物紹介

渡会《わたらい》　美綾《みあや》――大学一年生。
川森《かわもり》先生――獣医。
有吉《ありよし》　智佳《ちか》――大学で美綾と再会した小学生の時の同級生。
澤谷《さわたに》　光秋《みつあき》――大学で美綾と再会した小学生の時の同級生。
香住《かすみ》　健二《けんじ》――美綾、智佳、澤谷の小学生の時の同級生。
村松《むらまつ》　愛里《あいり》――美綾の友達。
モノクロ――白黒のパピヨン。美綾の飼い犬になる。

第一章　犬も歩けば

一

三月半ば。家族の飛行機を見送った成田空港の空は、ほの白く曇っていた。

ひとりで引き返す渡会《わたらい》美綾《みあや》は、自宅に直行する気になれなかった。だが、高等部で仲のよかった友人たちは、誘い合わせて卒業旅行のまっ最中だ。呼び出す相手も思いつかない。

ここ半年ほど、仲よしグループを抜け気味だった。ＳＮＳの会話にも最近は参加していない。美綾のように他大学の受験に専念した者は、グループ内にはいなかったのだ。まして、卒業して別々になった今、ひとりぼっちになったことを愚痴るのもどこかためらいがあった。

途中で映画館に寄ろうかと考えた。けれども完全にはその気になれず、何となく、四月からかよう大学に寄っていくことにした。自分の覚悟を確かめるために。

地下鉄の駅を出ると、空はやはり雲で覆われていた。雨は落ちてこないものの風が強く、コートや髪をあおって吹きつける。けれども、凍える冷たさは感じなかった。真冬とは異なる湿り気をおびた風。ソメイヨシノの枝に薄紅はまだ見えないが、来週あたりは咲き出すはずだ。灰色の枝先に、蕾《つぼみ》が房になって大きくふくらんでいる。浮き立つ感覚とともに、不安が胸の底をくすぐる南風。

（春になった。これからは、何もかも違う……）

過去が白紙にもどったような気分だった。未知の環境へ、分かち合う者もなく出て行かねばならない。受験中も孤立を感じてはいたが、今はその比ではなかった。

地下鉄からは、大学の正門ではなくわきの通用門が一番近かった。なぜか正門の外に由緒ある講堂が立ち、大学施設の高層ビルがいくつか立っているおかしな大学だ。受験に来たので知らないわけではなかったが、まだまだ見慣れもしなかった。

休業中のキャンパスは人通りが少なかったが、それでも美綾が思ったより学生が歩いていた。男子も女子もいて、中高一貫の女子校にいた美綾には、それだけで新しいことに思えた。新旧さまざまな校舎が立ち並び、その間を、まだ裸木の並木が通っている。歩きながら、ここが自分の当たり前の通い路になっていくのかと感慨があった。

努力して希望校に合格したのだ。もちろん、新天地への期待も意気ごみもある。だからこそ、今これほど心細いのが不思議だった。

（……私、四年後にここを卒業できてるのかな）

母が残していった言葉が大きかった。父のイギリスへの転属と、美綾の高望みの大学合格が同時に決まったことを知った母親は、こともなげに言ったのだ。

「九月までそこに籍をおくとして、留学しなさいよ。家族がロンドンにいるのに、現地で英語を身につけないでどうするの」

（お母さん、私が合格したのは国語国文科だって）

しかし、家族が日本を離れる日が近づくにつれ、誘惑に乗りたくなってきたのは事実だった。イギリス暮らしを逃すのは、やはりばかげている気がした。

突風が通りを吹き抜けた。セミロングの髪が顔にかぶさって前が見えなくなる。美綾は思わず立ち止まり、風がおさまるのを待って髪をかき上げた。そして、校舎の角を曲がってきた男子学生に気がついた。

思わず注目したのは、その男子が不慣れに見えたからだ。きょろきょろする様子が美綾に似ていて、自分と同じ来年度新入生ではと思ってしまった。

とはいえ、どこか年上にも見えた。カジュアルな服をモノトーンでまとめているあたりにこだわりを感じる。中背ですらりとして、目立つほどかっこいいとは思わないが、それでも平均以上に感じがよかった。

視線に気づいたのか、相手もこちらに目を向けた。そして、すばやい足取りで目的ありげに近寄ってきたので、美綾は内心うろたえた。

(えっ、やだ。どうしよう)

「あの、理工学部はどこでしょう」

穏やかな声音だった。ナンパではないと気づいた美綾は、勘違いが恥ずかしくなり、かえってしどろもどろになってしまった。

「ええと、あのぅ、ここにはないのでは。理工学部だけのキャンパスがあって、歩いて行けるはずだけど、別の場所だったと思います」

「あ、そうなんだ」

モノトーン男子はあっさり納得した。美綾でさえ知っていることを、どうしてこの人は知らないと考えたが、さらに場所をたずねる気もないようだ。

「ありがとう、じゃあ」

じつに淡泊な態度で、軽く手をかかげると背を向け、もと来た方へ引き返していった。拍子抜けした美綾はぽかんと立ち尽くした。

(何だったんだろう、今の)

しかし、近くで見上げた顔立ちは、目も眉もあごのラインも感じがよかった。白いファーで縁取りしたフード付きの黒ジャケットをはおり、白のインナー、ブラックデニムのパンツ、真っ白なスニーカー。どれも特別な品ではないのに感じがよかった。全体に、他の人にはない何か澄んだ感じがして、稀《まれ》なものを見た気がしたのだ。

そんなことを思ってから、ふと気がついた。このまま相手を去らせるのは、彼氏のいない女子の不覚ではないか。出会いのチャンスをふいにするのでは。

（案内を申し出るという手もあったのに……）

　思わず駆け出して、後を追って角を曲がった。しかし、先方の通りを見やれば、今のモノトーン男子の姿は影も形もなかった。両側の校舎のどれかに入ったのかもしれないが、すでに美綾に探し出せるものではない。

（……私って、いつもこうだ）

　肩を落として考えた。反応が鈍いと、友人たちにも始終言われている。男の子に関心がないわけではないのに、たいていタイムラグがあるのだ。こちらから好きになる場合はいつも時機を逸し、美綾に気のある男子がいるときは気づいていない。

（今回はぴんときたのに、ただの通りすがりで終わらせるなんて）

　情けなくなったが、まだ一縷《いちる》の望みはあった。今の人物がこの大学の学生なら、どこかで再び出会う可能性は残るのだった。


　美綾の家は、東京都といっても南西はずれの私鉄沿線にあった。大学との距離はけっこうある。バス・電車の乗り継ぎで一時間半かかった。

　できれば、大学近くの賃貸に住みたいのが美綾の本音だった。独立にはずいぶん憧れていたのだ。だが、父も母も弟も消え去ったわが家でひとり暮らしが始まるとは、どんな夢想にも入っていなかった。

（こんなの、ぜんぜん違う）

鍵を開けて玄関に入れば、家族の気配がまだ濃厚に残っている。美綾が後に残ると決まったので、ろくに片づけていかなかったのだ。それなのに、もうだれも帰って来ない。日本中のどこにもいない。

母とはよくけんかしたし、弟は生意気だし、父は仕事一筋であまり家にいなかったので、家族団欒で過ごしたとは言えなかった。それでも、九歳下の拓也《たくや》が生まれてから母はずっと家にいたし、そのことに美綾も慣れてしまったのかもしれない。人声もしないと、やたらにリビングの空間が大きく思えてならなかった。

（ひとりには広すぎる。アパートに住みたかった）

そそくさと二階の自分の部屋へ退散した。家族の転居で気がそれ、自室の片づけは手つかずなので、いまだに参考書が棚に並び、机の上も受験生の様相そのままになっている。だが、片づける気力もわかなかった。着替えるとベッドに寝ころび、ひとり暮らしの利点を数えて、ロンドンの新生活をうらやましく思わないことに努めた。

（これからは、朝から晩まで好きなようにできる。だれにも小言を言われない。自分勝手な拓也にむかっとしない。何をしても言い訳を考えなくていい。何を食べても、何を買っても、どこかに外泊したって）

残ることを選んだのは美綾だ。系列以外の大学を受験すると決め、進学塾にかよったのも自分だ。間際になって、受験する学科を英語から国語に切り替えたのも自分だった。

（……むだにしたくない）

高二からのがんばりを、無にすることなどできなかった。初めて親に逆らって決めたことでもある。

（失望しなくてすみますように。この大学に来てよかった、正解だったと思えますように）

いつか祈る気持ちになっていた。そして、キャンパスで出くわしたモノトーン男子を思い出した。どこかに彼がいると期待することも、国内の大学へ行く魅力の一つになるのではないだろうか。

（新入生かな年上かな。理工学部なのかな、あの人……）


数日暖かい日が続き、近所の公園も桜が一斉にほころんでいた。

美綾はどこへも出かけず、初めての家事とイギリスからのメールを読むことでついやしていた。母の利香子《りかこ》は、出国のあわただしさで細かく指示できなかった家のあれこれを、ロンドンの新居を整える際に思い出し、始終メールに書いてよこすのだ。美綾の思惑とちがい、地球の反対側にいてもうるさい口出しが来るらしい。

利香子にとって、マイホームは自分と父の意向のままにあるべきで、娘はわずかも劣化させてはならないのだ。これもげんなりすることだった。最短でも今後四年はロンドンに住んでいるくせに。

(……なんだか、シンデレラになったような気がしてきた)

家族はお城の舞踏会へ行ってしまい、家の掃除をする灰かぶりと同じ立場なのではないか。

(ガラスの靴を拾ってくれる王子がいなくちゃ、やってられない)

大学が始まったら必ず彼氏をつくらなくてはと、決意する美綾だった。

午後になってスーパーへ出かけ、食料品の袋を両手に下げてもどってきたときだ。渡会の表札のついた門柱の前に、白黒の生きものがいることに気がついた。

最初は、大きめの猫だと思った。だが、改めてよく見ると、室内飼いタイプの小型犬だった。猫ならともかく、犬が主人なしで道を歩くのは見たことがない。まして室内飼いの犬なら、道ばたでうろうろしているのは変だった。

(何だったっけ、この犬種)

小型犬は、プードルとチワワとミニチュアダックスが近所で飼われていて、散歩を見かける。だが、このような犬ではなかった。

通りを見回しても人影がない。それでも、手を出そうとは思わなかった。どう見ても飼い犬なので、かまうのは気が引ける。美綾の家では、今まで犬猫を飼ったことがなかった。拓也は犬がほしいと言ったのだが、大きさについて家族の意見が合わなかったのだ。

食料品が重いこともあり、美綾は犬のわきを素通りして門を入った。玄関ポーチに袋を下ろして鍵を探る。ふと見ると、小型犬がとことこと寄ってくるところだった。

「なに、きみ、ひとりで寂しくなったの？　ご主人はどこ？」

輝くまるい目が美綾を見上げた。黒いガラス玉のようなまなこ。人見知りしない犬らしく、たしかに愛らしかった。全体に長毛で、大きな両耳から目の周りは黒く、鼻筋から額にかけて白い毛色が通っている。背中の真ん中あたりも黒く、あとはすべて真っ白で、尻尾は白い雄鶏《おんどり》のように立って毛足が長かった。つややかな毛並みは、いかにも上品なペット犬と見える。

こんなに愛敬《あいきょう》をふりまかれては、相手をせずにいられなかった。のどもとや頭を撫《な》でてやる。鼻筋は短く額から頭の形が丸いのが、チワワに似ていた。けれども、チワワより体が大きいような気がする。

美綾はこれまで、あまり小型犬が好きではなかった。いかにも人間が手を加えた犬だし、知能が発達しないとも聞いていたのだ。祖先の犬に近い姿のままで、頭脳も賢い犬のほうが上等だと思っている。もっと好きなのはオオカミかもしれない。

それでも、一度撫でてしまうと放っておけないものだった。仔犬《こいぬ》のまま目が大きく鼻の小さな顔つきに、保護欲を刺激されてしまう。

「どこから来たの。近くの家で飼い始めたのかな。それとも、車に乗せていたら飛び出して来たとか？」

首輪もハーネスもないのだから、散歩中とは考えられなかった。飼い主情報がどこにもないのは困る。犬を飼ったときにはどこかに連絡先をつけておくべきだ。しかし、まもなくだれかがあわてて探しにくるだろうと思った。

急ぐ用事もないので、気長に犬の相手をして待つことにする。この犬は、だれだろうと人にかまわれるのが好きらしかった。お手やお座りもできるし、小さなものを投げると拾ってくる。よくかわいがって育てられた感じだった。

気がつけば、あたりが薄暗くなっていた。そんなに時間がたったのかとびっくりしたが、小型犬の飼い主はさっぱり現れなかった。

「えーどうしよう。見つけられないのかな。きみ、自分からご主人を探しに行かないの？」

犬は動く気配もなかった。それどころか美綾にすり寄ってくる。

（しまった。いっしょに遊びすぎた……）

後悔しても遅かった。それに、もの問いたげな目つきですり寄るには理由がある気がしてきた。

「もしかして、おなか空いたの？　ごはん？」

犬はせわしい息をして桃色の舌をのぞかせ、尻尾をゆらゆらと振った。

困ってしまった。よその飼い犬に勝手に餌をやるのはよくないことだ。いつも与えている食べものもわからない。けれども、たぶんもう餌を与える時間なのであり、おなかを空かせた犬といっしょにいるのもいやだった。

（とりあえず、ドッグフードなら文句を言われないのでは。すぐそこのコンビニにも何かはあったはず）

決意して、買いに行くあいだ迷子犬を玄関に入れておくことにした。家の前はときおり車が通るので、慣れない犬を放っておいては危ない。それでも、玄関の三和土《たたき》だけのつもりだったが、この犬ときたらお客の遠慮がまったくなく、初めての家にさっさと上がりこんでしまった。美綾はあわてて足の裏をふきに追いかけることになった。

しかたなく、リビングを犬に開放してやることにする。屋内の生活にすっかり慣れているらしく、美綾がコンビニに出かけるときには、玄関の上がり口で止まって追ってこなかった。

適当に買ってきたドッグフードを、小型犬はうれしそうに食べた。その後はリビングのカーペットでくつろぎ、体をいじってもいやがらないので、ちょっと心配だったノミを探してみた。美綾が見た範囲では見つからないし、清潔そうだった。指先で毛を梳《と》かしながら、本当は日々ブラシをかけてやる長さだろうなと考える。

（手のかかりそうな犬だなあ）

けれども、手がかかればかかるほどいとしいと思うのだろう。その気持ちもわかりそうだった。美綾でさえ、少しいっしょにいるだけで情が移ってしまいそうな、人なつこさと愛らしさだった。

その夜は、段ボールに古いバスタオルを重ねて即席ベッドにしてやった。ロンドンにメールして、母に心当たりをたずねようかと思ったが、やっぱりやめにする。迷子犬をリビングに上げたことを、知らせるはめに陥らないのが賢明だろう。これ以上うるさく言われてはかなわない。

翌日になり、犬をどうするか考えあぐねた美綾は、一番近い動物病院へつれて行こうと思いついた。近所の家をたずねて回るのは気が重く、自分がそこまでしなくてもと思うが、動物病院へ行けば手早く情報が入るだろう。前にもこの犬がかかっているかもしれない。

(……といっても、どうやってつれて行こう)

リードもないし、キャリーボックスもない。抱いて歩くにはちょっと遠い。

ふと思いついて、自転車のかごに乗せてみた。すると、前にも経験があるのかすんなり納まったので、そのまま自転車を押していくことにする。途中で何かに驚いて飛び出さないかと心配したが、そんなこともなかった。小型犬は落ち着いて前足をかごの縁にかけ、興味深げに景色を見ていた。

坂道があったが、自転車を押しても十分ちょっとしかかからなかった。川森《かわもり》動物病院の看板が見えてくる。住宅街の中にある、個人の住宅とさして変わらない大きさの病院だった。美綾はこれまで縁がないので、注意して見たこともなく、いつからあったのか思い出せない。建物はかなり新しく、クリーム色の壁に白いドア枠と窓枠で、ガラス越しの観葉植物が引き立って見えた。

迷子犬を抱いてドアを入ると、それほど広くない待合室に、犬をつれた受診者が二人座っていた。どちらも高齢の女性で、しきりに雑談を交わしている。美綾は気後れしながら、受付に申し出た。

「すみません、病気じゃないんですが。この犬を家の前の道で見つけて、飼い主を知っている人がいるのではと思って」

カウンターにいた五十代くらいの女性は、目をぱちくりさせ、メガネの位置を直した。

「なに、道で拾ったというの。そのパピヨンを？」

美綾は、犬種の名はパピヨンだったと合点《がてん》しながらうなずいた。

「遠くから来た様子じゃないし、ぜったい近くに飼い主がいると思うんです。前に見たことがないでしょうか」

「たしかにパピヨンの野良犬はいないでしょうね。でも、私はこの子に覚えがないな。ちょっと奥さんたち、この子どこのお家《うち》の子かご存じ？　迷子らしいわよ」

女性は、待合室の二人に声をかけた。美綾がそちらに歩み寄ると、二人はあきれるほどさまざまなことをしゃべった。とぎれたのは片方が診察室に呼ばれたせいだ。けれども、結論を言えば心当たりがなく、診察室から出てきた男性も知らないと答えた。

美綾ががっかりしていると、受付の女性が言った。

「少し待って川森先生に相談したら。先生なら何かわかるかも」

そこで、待つことにした。簡単に飼い主がわかると思っていたので、少し不安になってもいた。良識ある人の見解が聞きたかったのだ。

診察室に通されると、白衣の医師は三十代くらいの男性で、開業医にしては若く見えた。髪は短く、穏やかそうな顔立ちに茶色い縁のメガネをかけている。美綾は、前に見かけたことがあるのに気がついた。近所で何回か、バイクで走っているのを目にしている。獣医さんとは知らなかった。

待合室で行った説明をくり返す。川森は、美綾に抱かれた迷子犬をながめていたが、やがて言った。

「パピヨンは今、人気の高い犬でもあるし、最近はあちこちで見かけるけれど、この犬を診察した記憶はないな。新しくパピヨンを飼い始めた人も聞いていないし」

「ありませんか……」

美綾は肩を落とした。

「どうすれば飼い主を探し出せるでしょう。うちで預かってるのもどうかと」

「どれ、ちょっと診てもいいかな。ここに乗せてくれる」

川森が診察台を示した。美綾は少しためらった。

「あの……」

「お代はとらないよ。どうしてパピヨンが道ばたをうろうろしていたのか、ぼくも気になるだけだから」

獣医は犬に優しく声をかけ、巧みに撫でて安心させてから、口を開けて歯を見たり、耳の中を見たり、骨組みを確かめるように脚に触ったりした。

「年齢は一歳か二歳だろうな。若いがりっぱな成犬だ。去勢手術はしていないようだね、器量よしだから、飼い主は仔犬を考えていたかもしれない」

美綾はとまどってから言った。

「つまり、とっても大切にされていたということですよね。いなくなって、そうとう心配してますよね」

「断言できないけどね」

さらに少し診てから、獣医はうなずいた。

「うん、健康には問題なさそうだ。毛づやもいいし元気で均整のとれた犬だね。知らない人間や環境を恐れず、落ち着いた性格をしてもいる。たしかに大事に育てられたように見えるが、それでも人はそれぞれだし、事情も人それぞれだからね」

「こんな子を捨てる人なんていませんよ。飼い主の気持ちを思うと、私、うちにこの子がいますと知らせなきゃと思って。貼り紙とか、ネットに写真をあげることとか考えたんですけど」

川森はすぐに答えず、美綾が待合室で書いた受付票を見やった。診察でなくても一応書いてと、受付の女性に紙をわたされたのだ。

「渡会さんだね。ええと、ご家族が海外に行ったばかりでは」

「知ってるんですか？」

美綾が目をまるくすると、獣医は笑顔になった。

「ちょっと小耳にはさんだんだよ。弟さんが小学校で、ロンドンに引っ越す送別会をしたという話から」

「はあ」

ご近所のうわさネットワークは侮れないと、美綾は初めて思った。拓也のクラスメイトの母親がペットをつれてきたということか。

「きみは、日本に残る事情があったの？」

関係ない質問だと思い、美綾はやや硬い声で答えた。

「大学に受かったところなので」

「立ち入ったことを聞くつもりじゃないんだ。ただ、きみのような若いお嬢さんがたったひとりで住んでいるというのに、素性のわからない人間が訪ねてくる情況をまねくのはどうだろう。ネットや貼り紙はあまり感心しないな。ご両親も心配なさると思うよ」

（あ……）

考えなかったことに気がついた。父も母もさんざん防犯を言って耳にたこができたのに、肝心なときには思い出さなかったのだ。

　美綾が黙りこんでしまうと、川森は再びほほえんだ。

「もしも本気で探す飼い主なら、飼い主のほうが貼り紙やネットの掲載をするはずだ。きみが、そういうものに注意しているのはいいことだよ。しばらく様子を見ることだね。あとは、代わりにぼくがこの近辺の人に聞いてみよう。どこかで必ず話になるはずだから」

　小さくなる思いで美綾は頭を下げた。

「すみません、お願いします」

「むしろ、番犬の一匹くらい家にいていいかもしれないね。パピヨンじゃ番犬にならないか」

　軽い口調で言ってから、獣医は続けた。

「だけど、パピヨンは小型のペット犬の中では賢いよ。頭がよくて好奇心が強いから、迷子にもなったのかもしれないが。きゃしゃな見た目よりは活発な犬だ、飼うなら散歩はかかせないところだよ」

　家にもどりながら、飼い主は見つからなかったが、動物病院へ行ってよかったと考えた。先生が家の事情を知った上で親身になってくれたことは、思えばありがたかった。気持ちが少し軽くなったと思う。その一方で、自宅にひとりで住む責任を痛感させられた。ご近所にも知れわたっているようで、美綾は今までの倍もしっかりしないとだめなのだ。

かごに納まるパピヨンを見ながら思った。

(……散歩のことは考えなかったな。やっぱり私がしてやるべきなんだろうか)

飼い主がすぐに見つからないなら、連絡がつくまで、美綾が本格的にめんどうを見るしかないのだ。みずから家に入れてしまったのだから、やらないとは言えなかった。もとの飼い主に、具合の悪くなった犬を返すわけにはいかない。

(散歩用品を買おう。しかたがない)

午後には、駅ビルのペット用品売り場へ行った。

今まで関心のなかった美綾がびっくりするほど、多彩なペットグッズがそろっていた。つい、よけいなものまで買いたくなる。犬のおもちゃとか、おやつとか、トイレの便利グッズとか。

だんだん自分の犬に買ってやる気分になるのが、かなりいまいましかった。そのうち電話がかかってきて、別れなくてはならない犬なのに。

(あの子がいなくなったら、わが家に番犬を飼うことにしようかな)

その気にまでなりかけた。だから、グッズをそろえてもいいだろうと。けれども、大学が始まれば美綾も家にいることができない。新しい仔犬の世話などできない相談だった。

急ぎ足で家にもどった。美綾がいてもリビングではしゃぐ犬だから、散らかされたかもと考えながら玄関の鍵を開ける。

リビングに入ると、心配したほど荒らされていなかった。その代わり、迷子犬自身の姿も見えなかった。しんと静まりかえっている。

（えっ……）

さては暇をもてあまして探検しているのだと考え、あわてて他の部屋を探し回った。客間も両親の部屋も納戸もお風呂もトイレも、二階の部屋も探してみた。家具の後ろや隙間をのぞき、床に近い戸棚の扉も全部開けてみた。戸棚を開けて入りこむことのできる猫がいると聞いていたのだ。しかし、やはりパピヨンはどこにもいなかった。

リビングの隅にある、寝床のバスタオルを見つめながら立ち尽くす。わけがわからなかった。玄関にも窓にも鍵をかけたのだから、外に出られるはずがないのだ。それなのに、家の中には物音一つしない。

（消えた……？）

かき消えたという考えをけんめいに追いやった。この世には、科学で解明できない方法で物体が消えることがあり、呪われた屋敷で人が消える話も本当かもしれないが、美綾の家で起きてはたまらない。きっとどこかに見落としがあるのだ。どこかに隠れているのだ。

呼ぶことができればいいのに、名前を知らないことに気がつく。

(仮でいいから名前をつけておけばよかった。聞いたら出てくるかもしれないのに)

悔やんでもしかたないので、即興で呼ぶことにした。

「モノクロ、モノクロどこにいるの。帰ったよ。出てきて」

このままではあんまりだった。奮発して買いこんできたのに。

声をかけていることが大事だと思い、何度も呼び続けた。すると、かすかにキャンと鳴く声がした。しかし方角はわからず、外を通った散歩の犬かもしれない。迷子犬はこれまで一度も吠《ほ》えたことがなく、どんな鳴き声かも知らなかった。それでも美綾は、あの犬の返事だと思った。

(もしかして、入りこんだ場所から抜け出せなくなっているとか……)

「モノクロ、どこ」

再び叫ぶと、今度ははっきり犬の鳴き声が聞こえた。美綾の真後ろからだった。

ふり返ると、玄関前から白黒のパピヨンが現れ、駆け寄ってきた。桃色の舌を見せ、歓迎の小躍りをしている。まるで何ごともなかったかのようだ。

「いやだ……どこにいたのよ」

不思議さより安堵《あんど》のほうが大きく、そのままカーペットに座りこんでしまった。そんな美綾の手を、犬が小さな舌でなめた。思わず抱きかかえると、温かな体に心が慰められた。腕の中の犬は、顔までしきりになめ始める。

「いたずらっ子なんだから、まったくもう」

よけいな心配をしすぎた気もした。もぐりこむ場所がどこかにあったのだ。後でしっかり調べておかないと。

「まずは、散歩に行こう。ごはんの前に散歩だよ。しょうもないいきみは、少しお外で発散したほうがいいよ、モノクロくん」

小型犬を下ろすと、買い物包みを開けてハーネスを取り出した。飼い主然と購入するには抵抗があったハーネスだが、閉じこめておくとろくでもない気がしてきたので、散歩に出ることはためらわなかった。

意外なことに、ためらったのは犬のほうだった。

ハーネスに前足を通そうとすると、身をよじって後ずさりしてしまう。美綾が何をしようと鷹揚《おうよう》にかまえ、人の世話に慣れきった犬だったので、このいやがりようには驚いた。散歩用のリードを見せても結果は同じで、やはり逃げようとする。

「どうして。散歩だよ散歩、散歩が嫌いってあり得ないでしょう」

美綾が強い口調で言ったとき、声が聞こえた。

「いや、今はいい。ひもをつけて歩くのは好かない」

思わずあたりを見回した。どこから聞こえたのかわからなかったのだ。

（まるで、モノクロが言ったようなタイミングだけど、いったい何？）

「ああ、それからおぬし、飼い主を気にする必要はないぞ。この体はだれにも飼われていないから。あえて言うならわし自身が飼い主だ。わしは八百万《やおよろず》の神だからな」

美綾は、白黒毛並みのパピヨンを見つめた。犬は、輝く黒い目で見つめ返してきた。

世界が凍りついた。

二

硬直しながらも、美綾はせわしく考えていた。

（幻覚？　幻聴？　ひとりで暮らすとこういう弊害が起きるの？　寂しい気がするからって、犬が話し相手になってしゃべり出すの？）

すると、また同じ声がした。口調が老人くさいので、若い声で聞こえるのがちぐはぐだった。

「最近の人間は、人間以外のものとの会話にじつに慣れとらんな。まあ、たしかに、語りかける気を起こすやつもそうそういなくなったが。こら、聞こえているはずだぞ、ずいぶん調整したんだから。それとも、本当にまだ聞こえない？」

少し体が自由になり、美綾は震える声を出した。

「何なのよ。犬が話すはずないでしょう、現実に」

目の前のパピヨンは、前足を立てて行儀よく座り、美綾を見上げている。少し口を開けて桃色の舌を出しているが、その口が言葉を発したとはとうてい思えなかった。

「チ――チンパンジーでも手話なのに」

「もちろん、人間の言葉は発音できない。これは、わしがおぬしの聴覚に働きかけた声だ。なかなか調整が大変だった。小型の体をもっと生きものとして楽だが、その代わりこの世界に及ぼす力の容量が少ないから、複雑なコンタクトはうまくいかん」

美綾はまたせわしく考えた。

（外宇宙からの侵入者？　私ってそんなにＳＦにはまってた？　宇宙との交信って精神病の妄想によくあるんじゃないの？　私、メンタルケアのお世話になりそうなわけ？）

「あなた……だれ」

「もう言っただろう、八百万の神だ」

美綾は両手でこめかみを押さえた。

「ああ、やっぱり妄想」

「妄想ではない、少しもわかっていないな。八百万の神を知らんのか、日本人に生まれたくせして」

ようやく美綾も気がついた。耳にすることがほとんどないので、字づらを思い浮かべなかったのだ。だが、日本神話なら本を読んだ覚えがあった。

「ひょっとして、神話に出てくる、八百万と書いてヤオヨロズと読むやつ？」

「まあ、そういうことだ。この島国に数え切れないほど存在する神々という意味だ。むろん八百万体とは限らない。わしはその中の一神という話。オーケー？」

（何がオーケーだ）

日本古来の神が、本当にオーケーだのコンタクトだのぬかすのかと疑問ながら、美綾はたずねた。

「古事記とかに出てくる神様が、今でも生息しているの？」

「神に生き死にはない。存在しているだけだ。ただ、物質界に関心をもつ神はだんだん減ってきたな。一つ上の本来の次元にとどまって、形態をとらずにただよっているやつが多くなった。下界に生物が住み始めた最初のころは、ちょっかいを出す神がけっこういたものだが、みんな飽きてきたのかな」

妄想にしては細かいが、この内容はどうなんだろうと考える。

「あなたは、いまだにちょっかいを出す神だということ？」

「性分だろうなあ。八百万の神にもそれぞれ趣味があって」

のんきな返事を聞いて、美綾はここぞと声を大きくした。

「それで、どうして、パピヨンなのよ」

妄想にしろそうでないにしろ、この部分をたださずにはいられなかった。

「西洋犬でしょう。それもそうとう新しく日本に入ってきた西洋犬。よりにもよって古事記の神様が、西洋のペット犬になんか、どうして憑《つ》いているのよ。おかしいでしょう」

「おかしくはない。日本で生まれたパピヨンなら、これも日本の生物だ。だいたい、この島の動物はすべて海外から渡ってきた。おぬしの祖先の人間も、最初は海の向こうから来たのを知らないのか。そして、おぬしたちは、古事記が書かれたころと同じタイプの人間ではない。下界へ来た神々もその時々に対応する」

やけに正論に聞こえた。けれども、のみこむには抵抗があった。古事記の神が憑くのがパピヨンなのは、やっぱりミスマッチでありすぎる。犬なら和犬がいくらでもいるではないか。

「納得できない。もやもやする」

小型犬は頭をかしげ、どこか憐《あわ》れむ目つきで見やった。

「若いのに頭が固いな。今でも動物になろうとする神々は、多くがペットを選ぶぞ。人間に崇《あが》められるし、野生より生存の苦労が少ないし、小型で楽だし」

力が抜けて、美綾は小声で言った。

「……神様の権威は、どこへ行ったの」

パピヨンが目を輝かせた。おもしろそうな声で言う。

「信心の素養がないのに、そういうことを言うのか。おぬし、何も知らない世代だろう。今の今まで神がいるとも思わなかったのでは？」

それはその通りだった。これが妄想なら、当人を言い負かすとはたいしたものだ。美綾はしぶしぶ認めながらもたずねた。

「神様って、人の祈りを聞き届けるものじゃないの？　神社に祀《まつ》られていると思ったのに」

「神社は、あとから人間がこしらえた建造物にすぎないが、最初に出現した場所に居続ける神はもちろんいる。岩や樹木になるやつだ。しかし、あれはあれで問題があってな」

小型犬は腰を上げ、少し歩き回った。

「わしはその道をとらなかった。マンネリなことでは神社の神も、上界とあまり変わらないのだ。わしは、けっこうこの家が気に入ったからここに住むことにする」

「ここに住むことにする？」

思わず美綾は叫んだ。

「うそでしょう。私、まだずっと飼うなんて決めてない」

「飼い主がいつまでも来なかったら、どうするつもりだった。保健所で処分した？」

「それはないけど……だれか欲しい人にゆずるとか」

「無理だな。わしはもう、今後の飼い主におぬしを選んだ」

美綾は混乱して黙った。選んだと言われたことが少しうれしい気もしたのだ。しかし、迷惑なのも事実であり、気持ちが固まらなかった。犬を責任もって飼うこともだが、この驚天動地の事態を認めることに対して。しゃべる犬から説得されることに対して。このパピヨンを神の一柱と信じることに対して。

「どうして私なの」

小声でたずねてみた。

「私、たしかに神を信じていないし、宗教をよく知らない。家族も神道なんてぜんぜん関係なくて外国好きだよ。もっと霊能者やら神主の家柄やら、選ぶ人はたくさんいたんじゃないの?」

八百万の神の返事は、まったくもって役に立たなかった。

「おぬしにしたのは、たまたま通りかかったからだ。わしが思い立ったとき、おぬしがそこに来たからだよ」

その後、パピヨンはふっつり何も言わなくなった。美綾も、何か聞いてみる気にはなれなかった。

そのまま、数日たっても小型犬が口をきくことはなかった。

最初はとまどって、犬に近寄るのが怖くなり、いつ何を言い出すかとびくびくしていた美綾だが、再びただのモノクロに慣れてきた。前と同じ調子で話しかけるようになり、パピヨンも無心に身ぶりで応じた。小型犬のふるまいはどこまでも無邪気で、えらそうに語った神とは落差があるのだ。

(この犬に、人間と小難しく会話するいろいろな知恵があったら、こんなふうに素直に遊べるはずがない……)

美綾が買った犬のおもちゃで、飽きることなく遊んでいる。美綾が取り上げようとするとくわえて逃げ、鬼ごっこが大好きだ。スリッパもおもちゃとしてお気に入りなので、あきらめて進呈した。賢げに美綾の顔を見上げる犬だが、しゃべりだしたときの異様な目の感じは消え失せている。何の気どりもなく、美綾が仰向けにしてお腹《なか》をくすぐってもしたいようにさせていた。

決定的と思われるのは、ハーネスをいやがらずに散歩に出かけたことだ。あの発言は何だったんだと思わずにいられない。夢を見たような気がしてくる。

（あれを現実と認めるなら、一時的に八百万の神を名乗る何かが取り憑いたということだ。現実と認めないなら、私の夢か妄想だったということ）

美綾は考えた。どちらをとってもただの犬はここに残る。それならば、自分はふつうの犬の世話のしかたを学ぶべきだろう。

とりあえず、パピヨンをインターネットで検索してみた。この犬特有の飼い方があるかもしれないと思ったのだ。犬種の解説はすぐにいくつも見つかった。

パピヨンという名称は、フランス語で蝶《ちょう》を意味する。立った耳が大きく、耳に飾り毛があり、鼻筋を中心にして左右対称に彩る茶色や黒の毛が、蝶の翅《はね》を思わせるからだそうだ。同じ犬種で耳が垂れた犬をファーレーヌと呼ぶ。蛾《が》という意味だ。

祖先はスペイン地方の小型スパニエルで、十六世紀ごろ、ヨーロッパの王侯貴族に愛玩された。ルイ十四世のベルサイユ宮殿でも多く飼われていた。ポンパドゥール夫人やマリー・アントワネットが愛犬とした犬であり、女帝マリア・テレジアのシェーンブルン宮殿の家族肖像画にも描かれている。

（……って、なんだそりゃ）

肩をすくめたくなった。見事なくらい八百万の神を名乗るのは筋ちがいだ。マリー・アントワネットの亡霊のほうがまだしもと言える。

「パピヨンの性質は明るく社交的。比較的病気に強く、飼いやすい愛玩犬。骨がきゃしゃなわりに活発なので、脚の骨折や脱臼に注意か」

他にも注意点はいろいろあったが、だんだん自分にもできそうな気がしてきた。できそうというより、やってのける意欲がわいたと言える。パピヨンがいつまでこの家にいようと、必要なことはぜんぶしてやろうと思った。

（また、おかしなことをしゃべるかどうかは保留してもいい。モノクロが来たせいで私が寂しくならず、家族の埋め合わせになるのは確かだもの）

大学の入学式までには、飼い主らしいひととおりの世話をすませてあった。もう一度川森動物病院へ行き、まだ飼い主が名乗り出ないことを確認した上で、するべき検査や注射も受けた。

「もとの飼い主が見つかるまでは、うちで元気に過ごしてほしいと思ったんです」

美綾が言うと、川森はうなずいた。

「そうか、きみならしっかりめんどう見られると思うよ。最初から、動物を飼うのに向く人だなと思っていたんだ」

美綾には不思議で、首をかしげた。

「そうかなあ、今まで一度も飼ったことがないんですよ」

獣医はほほえんだ。

「何より、この犬がよくなついている。それはこの前から見てとれたよ」


四月になった。

緊張して臨んだ入学式は、式場の人数の多さに圧倒されただけで帰ってきた。大学の規模を実感する。美綾は、自分が合格すれすれで引っかかったと自覚があったので、美綾より学力の高い人物がこれほど多いということだった。

ロンドンの家族から入学を祝うメールが届いていたが、今は美綾も、イギリス暮らしを思いやる余裕がなかった。続く学部入学式でガイダンスを受け、科目登録が始まったのだ。慣れないことが山のようにあり、ぼんやりしている暇もなかった。

キャンパスの通りをふつうに歩くこともできない。長机の出店と人だかりの喧噪《けんそう》は、学生サークルの勧誘活動だった。新入生と見れば声をかけられ、ビラをわたされ、脈ありのときはつれ去られる。

美綾はその勢いにたじろいで、どこへも寄らずに帰ってきたが、それでもビラは多数手に残った。何かと疲れる気がする。

（しばらく引き籠もったせいかな。そのつもりじゃなかったけど、はたから見れば、犬

だけが相手の毎日だった)

少し驚きながらそう思った。しかし、疲れるのは通学距離が遠いせいもあった。留守番をしているモノクロが気にかかる。消えたようにいなくなったのは一度きりだが、いつ何があるかわからなかった。

けれども、玄関のドアを開けると、パピヨンはたいてい目の前で待ちかまえていた。美綾と遊ぶ気まんまんの態度だ。

散歩と夕飯の後は、美綾もリビングで過ごす習慣になりつつあった。二階の自室には犬を入れないと決めたのだ。そのため、科目登録のマニュアルは下のダイニングテーブルに広げ、ディスプレイの大きなノートも下に持ってきた。

眉間にしわを寄せてマニュアルを読み、時間割りを作ってみる。一年生は選択科目より必修科目のほうが多いが、選べるものもいくつもあった。教育学部なので、合格したときから教員免許は取れるものと踏んでいたが、よく読めば選択科目に入っていた。免許取得に関しては、他学部の学生とまったく同じ条件なのだ。ちょっとあてがはずれた気がする。

ふと、考えた。

(そうか……先輩から情報を聞くという手もあるな。サークルに入ればそれもできて、要領のいい新入生ならそうするのかも)

人脈の必要を感じた。今までは、相談する人がだれか必ずいたのだ。しかし、この大学には美綾が連絡できる知り合いがいない。

集中していたので、小型犬がテーブルの足もとに寄ってきたことに気づかなかった。だから、声がしたのはいきなりだった。

「大学はどうだった」

(ついに来た)

美綾は一瞬息を止めた。だが、恐れていたわりには冷静な自分に気がついた。そのまま何くわぬ顔でマニュアルを見つめていられる。つまり、頭のどこかではこのときを覚悟していたと、半ばあきらめ気分で考えた。

この前ほど動転しないせいか、八百万の神の声質の若さに注意が向く。声だけ聞けば男子学生でもおかしくなかった。一、二歳の若犬ならそのくらいという設定か。

「なあ、わしにも教えろよ。おぬしは何を学ぶんだ」

「関係ないでしょ」

美綾はぶっきらぼうに答えた。実際、今は作業を中断されたくなかったのだ。

「今ごろ話しかけないでよ。モノクロは何日もふつうの犬だったのに、どうしてそのままにしておけないの」

「話せるようになる目的は、話をすることだからだ」

男子学生のような声は、得意げに語った。

「試行してみて、また大きく調整しなおしたから、思ったより再稼働に時間がかかったのだ。なんだ、おぬし、わしが黙ったせいで寂しかったのか」

「んなわけないでしょう」

あまりに心外で、美綾もとうとう向きなおった。見れば、パピヨンは座り立ちをして見上げている。これは、お利口にしたから賞賛を期待する態度で、知っている今はよけいにむっとした。

「モノクロにちょっかいだすの、もうやめてくれる。私は大学が始まって忙しいの。犬の世話だけで大変で、妄想に悩んでいる暇はもうないの」

「わしとこの犬は別ものではないぞ。どちらもわしで、おぬしが飼った犬は、八百万の神の成り代わりということだ」

「しゃべらなければ本当にふつうの犬でしょう。血液検査だって、何も言われずに通ったし」

「当然だ。神だって物質界の生物になるなら、同じに細胞づくりから始める。その生物の能力範囲で生きて、能力範囲の寿命で死ぬ。犬の形態のまま人間に通じる話ができるよう工夫したのは、わしだけの試みだよ。だから、あんばいが難しいのだ」

めんくらう発言である。しかし、少しは興味も引かれて、美綾は改めてパピヨンを見つめた。白黒の絹のような毛並み、大きな愛くるしい耳。川森先生が器量よしと言った個体なのも、神様ご自製の細胞だからなのだろうか。

「じゃあ、病気やけがはしないのか。高かったんだけど、予防注射はしなくてよかった？」

「するにきまっている。どの犬とも同じに、不注意だったら病気やけがで早死にする。だめな飼い主に当たることだけが、ペット暮らしの唯一のリスクだ」

美綾は脅しをかけた。

「かわいくないとペットは放置されるよ。ご主人様に気に入られないと」

「わしが始終会話をしないからって、そう気を落とさないでくれ。意識がよそに集中している場合は、犬本来の脳しか働かないのだ。そういうときでも、わしには違いないから」

「だれが気を落とすのよ。そっちのほうがかわいいんだってば」

強調したが、相手は平気で言葉を続けた。

「この状態が不自然なのはわかっている。好きこのんで選択したわけではないが、当面は必要なのだ。神はもともと一つ上の次元の霊素だから、物質界に降りるのはおのれの気持ち一つだが、初めての生物を現出するには、言うならば手間ひまがかかる。わしがこのパピヨンになるにはどれほど大変だったか、知らないだろう」

美綾は憤然と考えた。知っているほうがおかしい。

「受けをねらったとしか思えないけど」

八百万の神はやはり平気で続けた。

「もちろん、ペットは人間に受けなくては始まらない。動物になることを選んだ神々は他にもいるが、一度選んだらちょくちょく形態を変えるやつはおらず、ほぼ同じ種でくり返すものだ。犬なら犬のまま、猫なら猫のままだな。神々にとって、下界の苦労は趣味でするものだ。生きものの新作は、趣味で味わうにはわりが合わないほど難儀だからな」

「……へえ」

心ならずも、おもしろい話を聞いた気がした。美綾はつい引きこまれてたずねた。

「なのに、あなたはどうして、そんなにわりの合わない苦労をする気になったの」

「性分だな。とにかく、犬の体づくりで霊素を減らしたので、最初の目的に達するにはしばらく力を養う必要がある。その間は、犬のまま会話することで我慢するしかない」

「最初の目的って、何？」

パピヨンは腰を上げ、さらに美綾の足もとに寄ってきた。

「なあ、テーブルに乗せてくれよ。大学のことが知りたい」

ダイニングテーブルに犬を乗せる気はさらさらなかったが、美綾もいくらか妥協して、ソファーわきの低いテーブルに場所を移すことにした。

モノクロは、開いたマニュアルのページにも、ディスプレイに映し出した科目登録画面にも興味を示した。犬の目でどう見えるのか知らないが、顔を近づけたり離したりしながら読もうとしている。

「大学に興味をもってどうするのよ」

「わしも、大学で学ぼうと思っているからだ」

「何それ」

美綾はあきれた声をあげた。

「私が、ペットづれで大学へ行くとでも思ってるの？」

「いや、パピヨンは校舎に入れてもらえないだろう」

「だいたい、神様がどうして勉強なんか。何でもお見通しのはずでしょう」

「そうでもない。最近の人間のふるまい方だ。大学というのは、わしにもよくつかめん。知りたいのは学問というより、人間同士のふるまい方だ。大学というのは、適度に育ちきって適度に若い人間ばかりいるから、効率よくサンプルが見られて都合いい」

「いやな言い方。ひとをモルモットみたいに」

顔をしかめた美綾に、パピヨンはあどけない顔を向けた。

「変だったか。今の世代には、外来語や科学用語のほうが理解されると見たんだが、語彙選びも難しいな。何しろ人間だったのはちょっと前だから、現代版に組みなおす必要があるのだ」

美綾はぎょっとした。

「前に人間だったの？」

「一個体で終わったがな」

八百万の神のトーンがやや落ちた。

「神々に、人間になったやつがめったにいない理由がよくわかった。わしでさえ懲りるほど、人間はむだに大変なことが多かった。このわしが、一度死んだら上界へ引き上げたくらいだ」

「いつ、人間だったの？」

「天正《てんしょう》のころ」

まさかと思い、急いで確認した。

「西暦で言って。ざっくりでいいから」

「一五八〇年代後半に死んでいる。豊臣秀吉《とよとみひでよし》の天下統一のあたりだ」

開いた口がふさがらなかった。美綾は受験で得た戦国時代の知識を総ざらえしてから、息を吸いこんだ。

「もう四百年以上たっているって、わかってるんでしょうね。それでまた下界に出てきて、何をしようっていうの」

「下界の時間の過ぎ方は、上界では意味がない。神々はもともと時空にとらわれずに存在できるし、一つ上の次元にいるなら存在に何の悩みもない。自我は、もつ気になれば簡単にもてるが、命の危険がなく生成も消滅もないから、喜怒哀楽の必要がほとんどない。この上なく安泰だが、この上なく退屈だ」

パピヨンは伸びをして、気軽な口ぶりで言った。

「どうもわしは、刺激がないとだめなのだ。そういう性分だからしかたない。そして今回は、同じ人間になるにしても、もっと用意周到にあたるつもりでいる。こうして学ぶ段階をもうけたのも、一つにはそのためだ」

美綾はようやくのみこめてきた。

「つまり……あなたの本当の目的というのは、もう一度人間になること？」

モノクロは、人間のようにうなずかなかったが、代わりに少し尻尾をふった。

「そのとおり。人間ほどむだに人間同士しか通用しないルールでむだに生きる生物はいないが、他の神がやりたがらないことへの挑戦のしがいはある。というわけだ」

（私は、いったい何を家に呼び入れてしまったんだろう。人間をめざす神？　逆ならまだしも、そんなの今まで聞いたことがない。神が降臨した神聖さはいったいどこに……）

たとえ、これを神の言葉と信じたとしても、巫女《みこ》になった気分にはとうていなれない。ありがたみも恍惚《こうこつ》も感じられないし、巫女になりたい美綾でもない。スピリチュアル系には縁遠かったので、ともすると妄想ではと疑いたくなる。

美綾が考えこんでいると、モノクロがマニュアルのページに前足を乗せた。

「おぬしは何を学ぶんだ。学部はどこだ？」

「教育」

「おや、教師になるのか。何を教えるんだ」

「免許をとるとしたら国語だけど。でも、教師をめざしてきたわけじゃないし」

少し投げやりな口調になって美綾は続けた。

「合格が厳しかったから、少しでも受かりそうな方向で受験しただけ。そしたら本当に合格しちゃったんだもん」

「受かる方向というのは、向いている方向なのでは」

小型犬はしきりにマニュアルをひっかいている。ページをめくろうとしているのかもしれないが、破られるといやなので取り上げた。

「簡単にはわからないよ。私、もとは英語英文科を受けるつもりだった。学校の国語の授業はたいてい嫌いだった。それなのに、予備校の模擬テストでは英語より国語のほうが伸びて、自分でもどういうことかと思っているところなんだから」

モノクロが動きをとめ、輝く瞳で見上げた。

「おぬしは、自分の適性がわかっていないのだな」

つぶらな黒い目を見やって、美綾は初めて神様に期待を抱いた。

「見てとれるの？　私の適性」

「いいや、さっぱり」

悪びれもせず、すぐさま否定された。

「今は、わからなくてもいいではないか。そのために大学へ行くんだろう」

「そんなセリフ、だれにでも言えるよ。神様ならもう少し役に立ってよ」

美綾が言いつのると、犬が歯をのぞかせたので、まるで笑ったように見えた。

「神は一度も人間の役に立ったことはないぞ。役に立ったと思うのは、人間たちがそのように解釈しただけだ。人間は崇めるにしろ貶《おとし》めるにしろ、周りのすべてを自分たちの道具にするからな。人間のもっとも顕著な習性だ」

「願いを聞き届けることは一度もないの？」

「過去に、たまたま神が何かしたかもしれない。そこにも、えこひいきはないし特定の方向性もない。まったく異なる存在を人間の基準で考えるのは愚かなことだ。とは言っても、神を解釈しようとするのも生物の中で人間だけだから、おもしろいことはおもしろい」

美綾は眉をひそめた。

「あなたの言うこと、神様を少しも敬いたくなくなることばっかり」

どういうわけか、八百万の神の声は得意そうになった。

「敬う必要はない。人間にどんなに崇められても貶められても神は神で、動かしようもないから。本質は一次元上の霊素で、永遠をただようことに飽きたやつだけ、物質界へそれなりの刺激を求めにやってくる」

「アミューズメントパークだと言いたいんでしょう、私たちの世界なんて」

「そんなことはない。ここは苦界《くがい》だよ」

大まじめに神は言った。

「苦難ほど上界からかけ離れたものはない。だからこそ、降りてくる価値があるのだ」

結局、しゃべり出した神の言うことは、含蓄ありそうな言葉が並べてあっても、当面の科目登録のアドバイスにすらなっていなかった。

「もういいから、しばらく黙ってて。私、選択講座を決めてしまいたいから」

「だから、それはどんな授業なんだ」

「私だって説明できないよ。ここに書いてある講座名しか。中身を知りたければ、受けてみるしかないじゃない」

美綾がきっぱり言いやると、小型犬はそれでおとなしくなった。

（……また、調整とやらを始めたのかな）

しばらくたってから、何も言わなくなったことに気づいたが、深く考えないことにした。しゃべってもしゃべらなくても、犬への態度は一つにしていいと思えたのだ。

（とにかく、神様を名乗っていようと、私がひれ伏して拝む相手じゃないし）

騒ぎ立てるほどのことはない気がした。奇行癖のある、珍妙なパピヨンを拾ったと思えばいいかもしれない。今はまだ、他人に助けを求めるほど困ったことになっていない。もう少し様子を見ようと、美綾は思った。

講座が始まって一週間が過ぎ、ひとわたり教授の顔も教室の場所も見知ってしまうと、ようやく毎日の様相がつかめてきた。

必修科目を受ける最小単位の五十名ほどがクラスメイトで、お互いに話を交わすようにもなった。早くも五、六人の男女でグループをつくった学生たちがおり、声をかけられたので、行っていっしょに昼食を食べたりした。

大きな食堂が独立した建物として立っているが、学生数が多いので、いつ行ってもごった返している。キャンパス周辺に学生相手の飲食店もたくさんあったが、美綾にはまだ、落ち着いて過ごせる場所を見つけられなかった。

クラスメイトとも、まだ深く知らない同士なので、講義の感想などのあたりさわりのない会話になる。美綾は今まで、高校の友人と学問について話したことがなかった。進学塾での会話は特化したスキルの話だから、学問とは別のものだ。美綾自身、さして国文学に関して考えたことがなかったと言えた。だから、昼食の席でみんなが近代文学を語るのを聞いて、密《ひそ》かに驚いてしまった。

(そういえばそうだった。この大学、近代文学に名を残しているんだ……)

少し居心地が悪かった。明治から大正の国文学は、美綾が関心をもって読む分野ではなかったのだ。それなのに、いっしょにごはんを食べる学生たちは、当然のように近代以降の国内に限り、好きな作家はだれかという話をしている。

「渡会さんも太宰《だざい》派？　もともと漱石《そうせき》と鷗外《おうがい》ではどっち？」

最後まで黙っていたら、話をふられてしまった。

「ええと、しいて言うなら樋口一葉《ひぐちいちよう》が好きかな」

「ああ、それも妥当だね」

簡単に納得されてしまった。だが、何が妥当なのか美綾にはわからない。樋口一葉が好きな理由は、明治の下町の話を古文体で書いたからで、要は古文のほうが好きなのだ。けれども、詳しく語る気にもなれなかった。

（もしかして、同じ学科の人たちって大半がこういう人……？）

気が重くなってくる。たぶん国文科としては、近代文学に引かれてこの大学を選ぶほうが正当なのだ。そのころの作家研究に優れた教授も多いのだろう。学友の前で、何も考えて来ませんでしたとは言えなかった。

店を出たところでグループは解散になった。午後の講座はまちまちだった。

美綾は、教職の単位を取ることにしていた。教職関係の講座は一律に開始時間が遅い。家に帰るのも遅くなってしまうが、こればっかりは将来の保証を思えばはずせなかった。

教職の講座は、他学部からも受講に来るため、講義する教室が学部外のあちこちにある。週に一度は、少し離れた文学部キャンパスへ出向く必要があった。そちらの食堂・喫茶は本部キャンパスよりこぢんまりして、なかなか居心地がいい。本を読んで一コマぶんの時間をつぶしてから、指定の教室へ向かった。

階段教室の真ん中あたりに腰を下ろしたときだった。そばにいた女子学生が、おかしな声を上げた。

「みゃあ」

自分に関係あるとは思えなかった。美綾が知らん顔をしていると、今度ははっきり言われた。

「渡会さん、でしょう？」

美綾のずっと昔の呼び名はみゃあだった。久しく呼ばれたことはなく、忘れるほどになっていたのだ。顔を向けると、ゆるいウェーブのあるロングヘアの女子学生がいる。なかなか美人だが、美綾には相手が思い当たらなかった。見覚えがある気もするのだが。

「そうですけど、あのう」

「覚えていないかな。小四まで同じクラスだった」

「あ、あっ、もしかしてちーちゃん？　有吉《ありよし》さん、本当に？」

「正解です。同じ大学だったんだね、しかも同じに教職受講組で」

「うわー、うそみたい」

美綾は目をまるくして相手を見なおした。

「あのころのちーちゃんとぜんぜん違う。男の子みたいに髪を刈り上げていたのに。男の子みたいに元気で──」

記憶の中の有吉智佳《ちか》が、今、フレアスカートをはいて楚々《そそ》としているとは、なかなか信じがたかった。しかしよく見れば、当時より色白になったものの、目鼻立ちが変わったわけではなかった。右目の下にある、チャームポイントのような黒子《ほくろ》にも見覚えがある。

「ごめん、思い出した。有吉さん、四年生で転校したんだよね。お別れ会をしたっけ」

「そう、一度九州へ引っ越して。でも、中二でまた古巣にもどってきたんだよ。地元の中学に行ったけれど、渡会さんはいなかったね」

「うん、私立だったの。中高ともS女学院」

「S女学院からこの大学に来るのって、わりにめずらしいんじゃない？」

「かもね」

美綾は認め、苦笑した。

「うちの親、S女学院に入れたときから、系列の大学に行かせるつもりはなかったの。最初から大学は受験することになっていた。でも、親が行かせたかったのは美大だったのね。私が勝手に、普通大学に切り替えたわけ」

智佳は、ぱっと表情を明るくした。

「覚えてる。みゃあは絵がすごく上手だった。市の文化祭に学年から選ばれていたよね」

「あのころだけよ。今はもうだめ。その方面の才能ないって、ちゃんとわかっている」

美綾が言うと、智佳は顔をのぞきこんだ。

「そういうもの？　もっとやりたいことが、他にできたとか」

「どうかな、まだ、はっきりしないけど。でも」

敷かれたレールに反乱を起こした、高二の自分を思い返す。

「美術より文学が学びたくなったのかも。それには、親が文句の言えない大学を受験する必要があって。で、ここになったの」

「なるほどねえ」

智佳は笑って言った。笑顔が一番昔と似ていた。

「中身が変わっていたとしても、渡会さん、外見はあまり変わらないよ。ちらっと見かけて、私のほうは、すぐにみゃあだって思ったもの」

「……小学校から進歩がないのかな」

「何言ってるの。隣に座っていい？」

偶然の驚きがおさまると、美綾もうれしさがこみ上げてきた。まさか小学校の同級生に出会うとは。有吉智佳とは、それほど遊んだ仲ではなかったが、男子顔負けのふるまいのできる女子で、いつもクラスの中心にいた。転校を知ったときは美綾も残念に思ったものだ。智佳にたずねたいことがたくさんあった。変身のきっかけも知りたかった。

講義のあいだも話したくてうずうずしていた。智佳も同じ思いだったと見え、講義が終わるとすぐに誘った。

「お茶飲んでいかない？　それとも夕飯食べる？」

外はすでに暗くなっていた。美綾は時計を見やって顔をしかめた。

「話したくてたまらないんだけど、ごめんね、今日はもう帰らないと。うちには今、犬がいて、私がめんどうみるしかないの」

「渡会さんって、自宅から？」

「うん。でも、わけあって今は私ひとりなんだ」

「そっか。じゃあ、途中までいっしょに帰ろうか。同じ路線だから」

智佳は言ったが、同じといっても乗り換えてからは一駅だった。今は学生アパートで暮らしているのだ。うらやましい話だった。

彼女が文学部なのもわかった。美綾は小さいころ本が好きで、小学校の勉強もできたが、智佳は男子に交じってひたすらサッカーだった。だから、これも変身と言える。

「髪は、いつごろから伸ばすようになったの？」

「思ったほど身長が伸びなかったのを知ってから。それまでは、宝塚の男役になってやるつもりでいたけど、身長がなくちゃね。あきらめて、あきらめたしるしに伸ばすことにしたの」

「それは、なんだかちーちゃんっぽい」

長くは話せなかったが、帰り道で話すあいだにも、現在の見た目より威勢のいい昔の智佳が見えてくるようだった。携帯アドレスを交換し、翌日も会う約束をして別れた。

モノクロは待ちかまえていて、しきりに美綾にまとわりついた。ごはんだけが目的ではないらしい。このごろは毎晩のように八百万の神が出てきて、美綾に話をせがんだ。講義の内容が聞きたいのだ。

「それなら、教職の講義はおもしろいのか。今日はおぬし、いつもと調子が違うぞ。おもしろいことがあったように見える」

「講義はそんなに楽しくないよ。同じ講座で小学校でいっしょだった子に出会っただけ。びっくりしちゃった」

思い出し笑いをしながら答え、美綾も自分の機嫌がいいことに気がついた。

「最初、ぜんぜんわからなかった。小四の終わりに引っ越した子だったのに、八年ぶりに再会したことになる。男子とまちがえそうな子だったのに、しとやかな美人になっていて。人って変わるものだなあ。でも、しゃべっていると変わってないところもあって」

八百万の神が出ているときは、決まって散歩に行きたがらない。この日も行かないと言うので、ごはんと食後のブラッシングだけにした。その間に、有吉智佳と会った話をくわしく教えてやった。

「転校すれば、たくさんの同級生ができたはずなのに、人を覚える癖がつくのかな。私のことはすぐに思い出したって。私が前と変わっていないと言っていた。たしかに、特別変わったとは思わないけど、言われるとあまりうれしくなかったな。小学生のままってことで」

モノクロは興味ありげに見上げた。

「おぬしは、見かけが変わるほうが上等だと考えるのだな」

「いいほうに変わるならね。ぐっと女らしくなったとか、美人になったとか、八年ぶん成長したんだから言ってほしいじゃない。小さいころのままじゃ、色気もないってことだし」

「色気は、あったほうがいいのだな。どうしてだ」

「そりゃあ……」

言いかけて、思わずつまった。どうしてと改めて聞かれると、かえってわからなくなる。

「ないよりはあったほうがいいよ。ありすぎても困るけど」

「ありすぎると、どう困るのだ」

小うるさくなってきて、美綾は問い返した。

「そんなこと聞いてどうするのよ。私が、色気がほしいとか美人になりたいと言ったら、かなえてくれる気なの？」

「いいや」

「できないなら、聞くことないでしょう」

パピヨンは小さなあくびを一つした。

「できないかどうかは別だが、そんな阿呆《あほう》なたのみに力を使う神は、どれほど退屈していてもふつうはいない。神が願いをかなえるのは気のせいだと言っただろう。もっとも、恩恵ではない何かの意図ではあり得る。人間に都合のいい結果を期待できないだろうが」

美綾はふと、小さいころに読んだ世界の民話を思い出した。

「魔物が人の願いをかなえるお話はあったな。結果がぜんぶ不幸になるやつ」

「呼び名が異なるだけだろう。魔物でも、妖怪でも、悪魔でも、天使でも、神でも。たぶん同じ現象を言っている」

犬は寝そべったまま、前足にあごを乗せた。

「わしがおぬしに聞くのは、人間の感覚を学んでいるからだ。おぬしたちが幼体の時期と現在を見比べる感覚はおもしろい。わしとしては、幼少のころから個体を識別できるほうが、観察対象として好ましいがな。芋虫が蝶に変態して見分けがつかないのより」

「基準がずれすぎ」

美綾はふくれた。

「ちゃんと比喩にもあるんだから。年頃になって急に美人になった女子のことを〝さなぎが蝶になったよう〟と言うんだよ」

「人間の第二次性徴が、そこまでの差異をもたらすと考えるほうがおこがましいのでは」

「もういい、黙って」

神の言い分はたいてい的がはずれると、美綾は思うのだった。

三

美綾は有吉智佳と昼食をとり、授業後にまた会って、カフェで長々と話を続けた。

小学校の同級生の話をするだけでも、あっという間に時間が過ぎた。地元の公立中学に進学した人数は多かったので、級友のその後のことは、転校した智佳のほうがよっぽど知っていた。美綾が語れるのは、五、六年のクラスの思い出と、高一になって一部と会ったことくらいだ。智佳に聞いて初めて知ることばかりで、六年間のごぶさたを思い知らされた。

美綾と仲のよかった子たちの話をひとしきり終えると、智佳がたずねた。

「みゃあは、大学のサークル所属、どうするか決めた？」

「まだ、はっきりとは。いくつか顔を出してみたけど」

「目ぼしいところがあった？」

「中国語研究会にするか、それとも合唱団にするか。うちには犬がいるから、あまり制約のきついところで、毎日遅く帰るのは困るけど」

智佳はくすっと笑った。

「うちの犬って、この前も言っていたけど、すっごく大事そうだね。そんなに夢中になれる犬？」

美綾は肩をすくめた。

「この三月に飼い始めたばかりで、まだ世話に慣れていないから。私しかいないし、閉じこめてあるのが気になって」

「いつか見に行きたいなあ。みゃあも私の城に遊びに来てね、今度教える」

美綾が女学院では美術部にいた話をすると、智佳は中学の同志で音楽バンドを作ったと語った。

「同好会のバンドだけど、文化祭での評判はけっこうよかったよ。でも、私、大学では演劇サークルに入ろうと思うのね」

「ちーちゃん、演劇やるの？」

「有名でしょう、この大学の演劇。でも、いざ探してみたら、いくつもサークル劇団があるから、かえってどこに入っていいかわからなくなる」

「演劇かあ、私が思ってもみない分野。でも、ちーちゃんはたしかに女優ができそう」

「そう？」

智佳はまんざらでもない様子で、ウェーブした髪の房をひねった。

「今のうちに、やりたいことをやらなくちゃね。大学合格まで親を満足させたんだから、このあとは、場合によっては単位なんか無視してもいいと思っている。中退上等よ、チャンスをつかむことのほうが大事」

（中退上等……）

美綾は思わず両親を思い浮かべ、ロンドン留学を思った。けれども、まだ自分の気持ちの整理がつかず、智佳にこの話を打ち明けるのもためらわれた。

少し黙ってコーヒーを飲んだ後、智佳が言い出した。

「バンドで思い出した。三、四年のクラスにはいなかったけど、同学年に澤谷《さわたに》くんっていたでしょう。澤谷光秋《みつあき》くん」

「いたいた。五、六年のときに同じクラスになったよ、クラス替えで」

「その澤谷くんと、文化祭のバンドをいっしょにやったのね。高校進学は分かれたけど。そしてね、彼、この大学に来ているよ。商学部だったはず」

「本当？」

美綾は息を吸いこんだ。

「広いようで狭い世間だなあ。私、小学校の卒業以来、澤谷くんは見かけたこともなかった。高一になってクラス会っぽく会ったときも、澤谷くんはいなかったし」

「クラス会っぽく会ったというのは、もしかして……お葬式の？」

智佳は慎重な口ぶりになり、うかがうように見た。美綾はうなずいた。

「式には間に合わなかったの。追悼のために集まっただけ。半分くらいしか集まらなかったし、正直私も迷ったけど。それでも、香住《かすみ》くんとは卒業までずっと同じクラスだったから」

「やっぱりそうか。私は中学で同じクラスにならなかったから、あのときはお葬式にも行かなかった」

クラスメイトだった香住健二《けんじ》は、中学三年の春休み、無免許でバイクを運転して亡くなった。今思い出しても、悲しみだけではない複雑な思いが胸をよぎる。高一の四月も、そんな気持ちで出かけたのを覚えている。香住健二の記憶は、あまりいいものではなかったのだ。

美綾は声を低くして言った。

「死んでしまってから言うのはいやだけど、私、もう少し香住くんに優しい気持ちを持てたらよかったって、あのとき思った」

「でも、ずいぶんいじめられたんでしょう、みゃあは」

「まあね。そうなんだけど」

「澤谷くんは、行ったのかな。お葬式」

智佳はつぶやくように言った。美綾は目を上げた。

「え？」

「中学のころ、澤谷くんはわりに親しかったみたいだよ。香住くんと」

「ふうん」

美綾は感想もなくあいづちをうったが、智佳は急に意気込みを見せた。

「ねえねえ、三人で会わない。せっかく同じ大学になれたんだから、澤谷くん、呼び出してみようよ」

「でも、連絡先がわからないよ。卒業アルバムには住所が載らないし、ソーシャルサイトも知らないし」

「中学のつてを使えば大丈夫。公立の小学校から三人集まったって、かなりすごいと思わない。この大学は全国区なんだから」

澤谷光秋には、美綾もいやな記憶は一つもなかった。特にいっしょに何かをした思い出はないが、クラスメイトから好かれている男子で、頭もよく、班活動などでよくリーダーになっていたのを思い出す。

「そうだね。私も会ってみたい」

同意した美綾だが、実現しなくてもがっかりしない程度の気持ちだった。だから、二日後に智佳からメールがあり、澤谷と連絡がついて、向こうも乗り気で会う約束をしたことを知って、少し驚いた。

（行動力あるなあ、有吉さん）

それなら、もちろん興味もあったので、この前のカフェで待ち合わせることにした。

当日、講義が終わって待ち合わせ場所に向かったが、なんだか不思議な気分だった。女子だけで騒がしいS女学院の空気になじみ、それ以前のできごとは薄れかけていたのだ。それなのに、記憶をたどれば、まったく匂いの異なる小学校の日々が厳然としてある。自分にもこれだけ年輪ができたのだと思えた。

店に入ると、窓側の席で智佳がタブレット端末を使っているのが見えた。美綾が来たのに気づき、ほほえんで手をふる。澤谷光秋が姿を見せたのはもう少し後で、美綾がカフェラテを買って席についてからだった。

「ごめん、遅かったかな」

そう言いながらわきに立ったのは、背の高い男子学生だった。

智佳が歯切れよく答えた。

「待ってない待ってない。渡会さんが思ったより早かっただけ。私は最初から時間つぶしに座っていたから問題外で、澤谷くんがほぼジャストだよ」

美綾には一瞬だれかわからなかった。小学校の卒業アルバムに写った澤谷光秋は、お坊ちゃん風の髪型でほおのふっくらした少年だったのだ。背は高くなかったし、男子の中では温厚なタイプに見えた。

澤谷は、向かいに座る美綾を見やって目を細めた。まぶしそうな顔をしたのは、窓の明るさのせいだろう。

「久しぶりだね、渡会さん。小学校の卒業式以来だよね」

「久しぶり。澤谷くんって、ずいぶん背が高くなったね」

「ああ、おれ、中学で急に伸びたんだよ。しばらく言われなかったな、それ」

本当は、背丈だけの問題ではなかった。今は削《そ》いだように鋭角の顔立ちで、肩幅は広いが痩せている。髪は、さりげなく見えて十分手の入ったしゃれたスタイルだった。

(一言で言えば、もてそうな男子……)

お坊ちゃんとはえらい違いだった。当時から目鼻立ちはくっきりしていたが、よさとして表に出ていなかったのだ。今では、高等部の友人全員がイケメンと認定しそうな男子になっている。

「ずっと会っていなかったから、変わっていてちょっと驚く」

美綾が言うと、澤谷は頭に手をやった。

「なんか、緊張するなあ。有吉とはいっしょだったのが中学だから、あまり違和感がないけど、渡会さん、遠い存在に見えたからなあ。おれも六年のときは私立を受けたんだよ、受からなかったけど」

智佳が口をはさんだ。

「この人、渡会さんに会えるからって勇んで承知したのよ。私なんてくされ縁と思っていて。早く飲むもの買ってきたら？　私も二杯目たのんじゃう」

澤谷は何か軽口をたたきながら、智佳の注文を引き受けてコーヒーを取りに行った。

美綾がびっくりしているのを知り、智佳は説明するように言った。

「高校が別々になっても、高一までは、たまに寄り集まってバンド活動していたのね。あまり熱心にじゃなかったけど」

「仲よかったんだ、澤谷くんと」

「ううん、個人的には深くない。バンド仲間もそれっきりとだえて、彼が同じ大学だってことを知ったのもたまたまだったよ」

二人にあるのは、バンド活動をする若者の雰囲気だと、美綾は納得した。澤谷にも智佳にもどことなく似た華やぎがある。

「また、バンド結成してもいいんじゃないの？」

智佳はかぶりをふり、さらに手のひらもふった。

「だめだめ。本気でめざす根性はないって、わかっての解散だったもん。澤谷くんだって同じだよ」

販売カウンターのほうを見やって、智佳は続けた。

「中学のころって、何となく仲間でつるんでいたい気持ちってあるじゃない。それを高一まで持ち越しただけの話」

澤谷がトレイを手にもどってきて、席に着いた。やはり、始めるのは小学校の話題だった。覚えていることを言い合ったが、それだけでもいろいろ意外性があった。

「渡会さんは、五年生の初めごろは、ずいぶんおとなしい女子に見えた。教室でもよく本を読んでいたし。だけど、その後はまったく違ってたな。意外にずけずけ言うタイプだった」

「私、澤谷くんにずけずけ言った覚えなんてないよ」

「おれにというより、男子にだよ。学級の話し合いでも、言うときは言うから、そこに迫力があったな」

智佳が笑った。

「迫力ねぇ。みゃあは高学年から地が出てきたんだ。私は四年でも、渡会さんはおとなしい女子じゃないって知ってたよ。地を出さなかっただけ」

「地を出してびっくりされるのは、有吉だろ。だけど、有吉のは見え透いた猫かぶりだからな」

「猫かぶりとは何よ、マナーとエチケットでしょ。私にも、そういうものがあるってことよ。大人だからね」

言い返してから、智佳は美綾を見た。

「おとなしかったのは、理由があったからだよね。三、四年のクラスで男子のいじめにあったから。あのクラスは男子全体がしょうもなくて、泣かされる女の子が何人もいたけど、渡会さんは泣かないのにいじめられた」

美綾はほほえんだ。時がたったので、笑えることになっていたのだ。

「いじめといっても、我慢できる範囲だけどね。それで学校に行けなくなったりしなかったんだから。有吉さんはクラスの女ボスで、助けてもらったこともあったよね」

「一度だけだと思うよ。いじめは一度じゃなかったでしょ」

澤谷はおかしそうに智佳を見やった。

「すげえな、有吉をいじめることのできる男子は存在しなかったのか。改めて怖い」

「有吉さんなら互角に戦えたってだけ。女子は、何かしらいやがらせを受けたと思う。でも、私はなぜか、香住くんにしつこくいじめられたの」

思いきってその名を口にすると、澤谷はまばたいた。少し考えこむように言う。

「香住はむしろ、男子のあいだではいじめられる対象だった。前からずっとだったんじゃないか」

美綾はうなずいた。そのこともかすかに覚えていた。

智佳が静かな口調で言った。

「香住くんは、弱いタイプの男子だったよ。そういう子が、仕返しのできない女子に八つ当たりしていたの。中学では、よくも悪くも目立たなかった香住くんだけど、みんなから見えないところで、何をやって何が起きていたかはわからない」

澤谷は、かるくため息をついた。

「香住の話が出るだろうって、わかっていたよ。思い出話をするなら、死んだ同級生は他にいないし、十五歳で死んじまうのはやっぱりショックだったし。もう平気になったと思っても、あったことをなくすことはできないしな」

それから、美綾をうかがうように見た。

「渡会さんでも、香住が死んだのがショックだった？　中学も違ったし、もう別の世界のことになっていたでしょう。まして、いい思い出のない相手だったりしたら」

美綾は、どう言おうかためらった。

「澤谷くんたちと同じにショックだったと言ったら、嘘《うそ》になると思う。十五歳のころの香住くんをまったく知らないんだし。でも、何ともないとは思わなかったよ。知らせを聞いたとき、どうしてと思った。どうして香住くんが死ぬことになったんだろうって。前から、家に事情があったことは少し聞いていたから、いいことが一つもなかったみたいで気の毒だった」

「どうして……か」

つぶやいただけで、澤谷はしばし黙った。智佳が、用心深くたずねた。

「澤谷くんは、私たちよりも、どうしてか知ってるんじゃないの？　香住くんの事故について」

「おれだって、そんなに知らないよ。事故ったところを見たわけじゃない」

澤谷は、周りの喧噪に気づいたように見回し、話の重さを変えるように調子を改めた。

「今さら、あれこれ言ってもしかたない昔のことになっちまったしな。思い出話は他にもあるんだから、死んだやつのことはやめよう。せっかくこうして再会したのに、お通夜めいた席にすることはない」

それからは、話題があちこちへ飛んだ。一番の聞き役は美綾で、智佳も澤谷も話し好きだった。聞き役だったのは、あとの二人は互いに気心が知れているのがわかるせいだが、彼らは話をふるのも上手だったので、いつのまにかずいぶんしゃべっていた。

やがて、澤谷が時計を見て、また会おうと言って席を立った。二時間半があっという間に過ぎたような気がした。

彼の姿が見えなくなってから、美綾は大きく息をついて言った。

「すっごく変わったね、澤谷くんって。お坊ちゃまのような子だと思っていたのに」

「私も、変わったなあと思ったよ。みゃあとは違う意味で」

智佳は、どこかもの憂く言った。

「知らなくて当たり前だけど、あいつ、中学のとき荒れてたの。夜遊びする仲間に加わって、学校にも来ないことがあった。私が九州からもどったころ、最高に荒れてたんじゃないかな。でも、バンドには興味をもっていたから、いっしょに組むことができた。高校へ行って、また心境の変化があったんだろうね。今はむしろ、お坊ちゃまに揺りもどしたかもしれない。もっと怖い目つきをしていたもの、あのころの澤谷は」

美綾は目を見開いた。

「想像できない。澤谷くんが」

「想像もつかないことは、人間いろいろあるよ」

少し考えて、美綾はたずねた。

「ちーちゃんはこの前、澤谷くんは、中学で香住くんと親しかったみたいだって言ってたよね。それならもしかして、香住くんも？」

智佳はかすかにうなずいた。

「はっきり知っているわけじゃないよ、私、転校生だったし。でも、生徒のうわさでは、仲間に香住も入っていた。弱い子だから、パシリをさせられているって話だったけど」

「そのこと、事故に関係あるの？」

思わず息をつめて聞いたが、智佳は頭をふった。

「表には出てこない。警察の事情聴取があったみたいだけど、それっきりになったし。

高一になって会っても、澤谷くんは何も言おうとしなかった。そっとしておいてほしいだろうなと、こちらも聞かなかったしね」

窓の外を見やったまま、智佳はぽつりと言い添えた。

「香住の名前が出ても、あいつ、ぜんぜん動じていなかったね。本人も言ってたけど、予想してきたみたいに。鎧《よろい》を着たみたいに」


美綾は、リビングのソファーに座ってノートを使っていたが、ともすると智佳や澤谷光秋の発言を思い返していた。思わずつぶやいた。

「わからないなあ……」

寝そべっていたモノクロが、すぐさま頭を起こした。

「今日の講義は、そんなに難しかったのか」

反応されて気がついた。犬が来てから、声に出す癖がついてしまった。そのうち、道を歩きながらひとり言を言う困った人になるかもしれない。

「大学生活は、講義を受けるのがすべてじゃないの」

「わかっている。今のは会話のきっかけを作ったのだ。おぬしは今日も、幼体のころ知り合った人間に会ったのだったな」

わけ知りの口調で言ってくるが、言葉づかいはやっぱり妙だった。そして、言うことにデリカシーがなかった。

「おぬしより美人で色気のある同年のおなごの、有吉智佳だろう」

「そんなこと確認しなくていいから。それに、今日会ってきたのは有吉さんだけじゃないもん。澤谷くんにも会った。澤谷光秋くん」

「くん、というのはおのこだな。光秋もおのこの名前だ」

立ち上がったモノクロはとことこと寄ってきた。

「おのこには興味がある。話を聞こう」

「なぜ、男子に興味があるの」

「今後、人間になったときのためだ」

美綾は足もとの小型犬をながめた。この白黒のパピヨンも牡《おす》ではあるし、男をめざすのが自然なのかと考える。

「男子のことをよく知りたいんだったら、最初から男子に飼ってもらえばよかったのに」

「いや、そういう問題ではない。おぬしにどう見えるかを参考にする」

「もしかして、女子にもてそうな男子になるのをめざすとか？」

「もちろん、受けは大事だ」

なんと俗っぽいのかとあきれながら、美綾は言った。

「それなら、澤谷くんはいいサンプルでしょうよ。かっこよくなっていて驚いたんだから。有吉さんにもびっくりしたけれど、二度びっくり。私が思うより、みんな変わっていくものなのかもしれない」

ため息が出た。自分の知る世界が狭かったのかもしれない。美綾のかよった女学院の生徒は、限られた家庭の子たちだから、風変わりな子や悪さをする子がいると感じても、逸脱の幅はたぶん限られていたのだ。

（いや、私が知らないだけかも。この私が、夜遊びなど経験していないだけか……）

モノクロが、まるい目でしげしげと見た。

「おのこも同じに、個体識別の難しいタイプだったというのか。おぬし、だれを見てもそう思う習性なのでは？」

「言わなくていい。今、私もそう思ったところだから」

少しいらいらする。自分が無風の日々を送りすぎたような、何もしてこなかったような気にさせられるからだ。

「でも、どうして有吉さんは、香住くんの事故にこだわったんだろう。私がわからないのは、そこだよ」

「香住くんとは、どういうおのこだ」

「その子も、私と有吉さんのクラスメイトだった。でも、三年前の三月にバイク事故で死んだの」

鼻先をなめて、モノクロは言った。

「死んだおのこでは、ちょっと参考にならんな。三年前とはついこの前だが」

「ついこの前じゃないよ、高等部の三年間がまるごと入っているんだから。私には、ずいぶん昔に思える」

美綾は言い返し、自分の本音に少し気づいた。

「澤谷くん、香住くんのことを言われるのがいやそうだった。少しもそぶりに出さなかったけど、何となくわかった。それは、私もいやだったからだと思う。たぶん、本当は思い出したくなかったから。だけど、有吉さんに蒸し返されていろいろ思い出しちゃった」

小型犬が、身を乗り出してソファーに前足をかける。

「幼体のころの記憶に、こだわりがあるのだな。死んだ者としては、そうして死後に思い出してもらえるのは冥利なのでは」

神の言葉として注目できると考え、美綾は問いかけてみた。

「死んだ人がどこへ行くか、あなただったらわかる？　命は死んだらどうなるの？」

「霊素にもどるぞ、それがわしだったらの話だが。わしにはわしのことしかわからん」

「あの世ってあるの？」

「上界をそう呼ぶならある。しかし、物質界で起こった生命が次元を上がることはない。上のものは下へ降りることができるが、下で作られたものは上へ昇れないのがふつうだ。物質界のあの世は知らんな」

「知らないだけで、あるのでは？」

「あったとしても、わしの興味がない」

やっぱり何の役にも立たないと、美綾はふくれて思った。

第二章　不穏な幼なじみ

一

朝、美綾が部屋を出ると、元気いっぱいのモノクロが階段下で待ちかまえている。躾《しつ》けたほうが犬のためなのだ。留守中にパピヨンが、足を滑らせやすい階段を上下するのは危険だと思えた。

階段に足をかけると叱ったので、待ち焦がれても下で待っているようになった。

近所を一周り散歩してから、朝ごはんを与える。モノクロは、朝にはいつもふつうの飼い犬だった。しゃべり出したことはまだ一度もなく、八百万《やおよろず》の神が出てくるのは、たいてい日が暮れてからだ。美綾も、だんだんモノクロのパターンをつかみつつあった。

（いいのかな、こんなふうに慣れていって……）

バス停に並びながら考える。大学生活が身になじむにつれて、しゃべる犬を飼っていることにもなじんでいくらしい。いつのまにか当たり前に思えてくるのが、少し怖くもあった。

(うちには話をする犬がいるということ、だれかに言ってみたい気もするけれど。でもなあ……)

八百万の神というのがネックだった。モノクロの名乗りがこれでなければ、美綾も友人に打ち明けたかもしれない。だれかを家に呼んで、他の人にも犬の声を聞いてもらったかもしれない。

(神の声がすると打ち明けて、もし、他の人には聞こえなかったら。ふつうは精神疾患だと思われるだろう。私自身のことでなければ、私だってそう考えるもの。それに、聞こえたとしても、どう思われるかはわからない。私がトリックでだまそうとしていると考えるかもしれない)

どの道自分の印象を悪くしそうで、やはり黙っていたほうがよさそうなのだった。

バスの中で携帯電話をチェックすると、メッセージが届いていたのでどきりとした。意外なことに、澤谷光秋からだった。夜中一時ごろの着信だが、美綾はもう寝ていたのだ。

「この前は会えてよかった。ちょっと二人で話せるかな。有吉について聞きたいことがあるので、会えそうだったら教えてください。短い時間でいいよ。返事を待ってる」

美綾は驚いて二、三度読みなおした。自分が澤谷と二人で会うというのは、思わぬ展開だった。

(有吉さんについて聞きたいことって、何だろう。おつきあいしたいから、いろいろ聞き出したいってことかな)

真っ先に思いつくのはその線だった。ずいぶん気が合って見えた二人だが、智佳は高一のときも深いつきあいはなかったと言っていた。きれいになった智佳に再会して、澤谷が見なおしたというのは十分あり得る。

もしそうなら、ちょっぴり悔しいが、会わずにいる理由にはならなかった。美綾にとっても澤谷は、また話してみたい男子だったのだ。迷わず承諾して、自分の空き時間を打って送信し、電車に乗っている間に返信も来た。午後の講座が終わったら教育学部ビルの出入り口で待ち合わせることになった。

授業を終えてそそくさと教室を出たので、建物の外に立っても澤谷はまだ来ていなかった。

美綾は、学生のにぎやかな往来を見ながらたたずみ、今は並木にみずみずしい葉が茂っているのをながめて、何となく、三月のキャンパスで出会ったカジュアルなモノトーンの男子学生を思い出していた。

（いつでもモノトーンだったら目につくのに。さすがにそれはないだろうな。もしも理工学部だったら、そのへんを歩いている確率も少ないだろうな……）

あれから美綾も、大勢の男子学生と顔見知りになった。通りすがりにわずかに言葉を交わした人物など、目鼻立ちも薄れてしまったと思っていた。それなのに、ふっと思い出すから不思議だった。

やがて、早足に急ぐ澤谷光秋の姿が見えた。Tシャツの上にマドラス・チェックのシャツをはおるように着ている。薄めの色調が季節に合ってさわやかだった。

（たぶん、澤谷くんのほうがあの人よりイケメンだろうな……）

冷静にそう評価するのに、まだあのときの男子学生を気にする理由がわからなかった。

澤谷は、美綾を見つけると駆け寄ってきた。

「ごめん、こっちが呼び出したのに待たせて」

「ううん、教育学部まで来てもらったんだし」

「時間、どのくらいある？」

「この後に授業はないよ。あまり遅くはなれないけど」

「それなら、ラウンジで話すんじゃなくて、どこか茶店に入ろう」

相手がごく自然に誘ったので、美綾も気安くうなずいた。ほおの丸い昔の姿を知っていると、たいへん気持ちが楽だった。

澤谷が向かったのは、文学部キャンパスへ行く方角ではなく、講堂のわきを抜ける道だった。この前落ち合ったようなチェーン店ではなく、かなり昔からあった喫茶店だ。古びた木製のドアを押すと、吊《つる》した筒状の鐘が鳴るのもクラシックだった。美綾は気に入ったが、ひとりでは見かけても入れないだろうと思えた。

「知らなかった。こういう店、大学周りにもあったんだ」

「たぶん昔なら、これに似た店がもっと並んで、学生がたむろしてたんだろうな」

狭い店内に、テーブル客が二人、カウンターでマスターと話している年配客が一人いるが、他は空席だった。店主のこだわりで細々開いている感じだ。今どきの学生は、もっと安くて手軽なコーヒーを選ぶだろうと、こっそり思う。美綾もそのひとりだが、マスターみずからドリップしたコーヒーは、たしかに香り高かった。

コーヒーに口をつけてから、澤谷が話を切り出した。

「渡会さんに聞きたかったのはね、有吉が、おれについてどんな話をしたのかってことなんだ」

美綾はまばたきした。

「どんなって。特別なことは話していないけど。バンドをいっしょにやって、文化祭に出たとか、高一になっても集まったとか、そのくらいで」

「あいつ、やけに香住のことにこだわっただろう」

「それは私も、少しそう思った。でも、何を気にしてるの？」

カップを置いて目を上げたが、相手の気持ちがつかめなかった。かすかに苛立《いらだ》ち、かすかに深刻に見えなくもないが、ほぼ平静な顔つきなのだ。すぐに笑い話にしてしまいそうでもあり、流れがどちらに向くのかわからなかった。

「渡会さん、私立へ行ってしまったから何も知らないだろう。それをいいことにしてる気がしたんだ。有吉が中学時代のことを何か言えば、渡会さんにはそのまま事実になるだろうから」

（あ、そうか……）

自分が鵜呑《うの》みにしなかったとは言えない。美綾も認めた。

「たしかにそうだけど。でも、わざわざ嘘をつく必要もないことばかりでしょう。今になって、何の得にもならないのに」

「嘘ってほどの嘘はつかないかもしれない。だけど、あいつは思いこみが激しいんだよ。見方が偏っていても気づかない」

「たとえば？」

「だから、香住のこと」

美綾は少したためらってから、思いきって口にした。

「有吉さん、澤谷くんが中学で香住くんと親しかったとは言ったよ。それは本当だよね」

「まあね、おれは、香住がバイクで事故った前の日にも会っている。そのせいで、警察が話を聞きにきた。まったくつきあいがなかったと言えば嘘だ」

「……そうなんだ」

美綾がひるんだのを見て取ったのか、澤谷はやや口調を強めた。

「だから、おれがあの事件を思い出したくないのはわかるだろう。思い出すと悔やむのは。有吉は今になって、どうしてそこに突っこんでくるんだ。人の傷をえぐりたいみたいに。しかも、事情をまったく知らない渡会さんを前に置いてさ。渡会さんは、その点どう思う？」

澤谷の相談は、智佳に好意を寄せる方向ではなく、むしろ不快なのだとわかると、美綾はあわててしまった。智佳の弁護に取りかかる。

「そんな意地悪な考え、有吉さんはもっていないよ。そんなつもりじゃなく、ただ、知りたかったんだと思う。有吉さんだって高一のときは、そっとしておこうと思ったと言っていたもの。今じゃ年数もたって、同じ大学になったよしみもあるから、今なら話してもらえると思ったんじゃないかな」

澤谷は、あからさまに怒りを見せたわけではなかった。そのへんは練れているようで、だから美綾にも反論できたのだ。そして、美綾の言い分をちゃんと認め、再び穏やかな口ぶりにもどった。

「うん、それはありかもな。ほとぼりが冷めたから、興味をもってもいいと思ったってことだろう。だけど、おれに聞いて何がわかる？　あいつの推理が正しいってことを立証したいのかな」

「推理？」

「フーダニットが好きなんだよ、有吉は。つまり推理小説」

美綾は顔をしかめた。

「フーダニットは、ふつう殺人事件だよ。香住くんのは事故で、警察の検証も終わっているんだし、当てはまらないよ」

「じゃあ、渡会さんはどう思うの。有吉の好奇心」

美綾は、思ったことを言っていいかどうか迷った。けれども、フーダニットよりましだと考えて口を開いた。

「私、大学で再会するまで会っていなかったから、有吉さんをよく知っているとは言えないけど。でも、私だったら、澤谷くんともっと親しくなりたいからわざと突っこんだんだと思う。事故の真相が知りたいというよりも、それに遭遇した澤谷くんの気持ちを分け合いたいんじゃ」

「ふうん」

澤谷はいすの背にもたれ、それから、おもしろそうに美綾をながめた。

「渡会さん自身も、そうだってこと？」

「どうだろう。そうなのかな」

とっさにはぐらかそうとしたが、思いなおして正直に言った。

「香住くんがどうして死んだのか、どういう事故だったのか、私も知りたいと思ったのは確かだよ」

「いじめられたことしか覚えていない相手でも？」

「ううん、覚えているのはそれだけじゃない。うちの母から聞いていたから。香住くんは三人きょうだいだけど、お兄さんと妹は実の子どもなのに、香住くんだけ違うって。家族の中でも、そのことで差別されているって」

澤谷が黙っているので、美綾は口ごもりながら続けた。

「本当は、あのころもわかっていたんだ。香住くんが女子をいじめるのは、自分がされたことをそのまま返しているんだって。それでも、どうしても、あの子が嫌いだった。しつこくいじめられると、嫌いでたまらなかったの」

考えこみながら、澤谷が言った。

「五、六年のときは、そうじゃなかっただろう。おれは、渡会さんがあいつにいじめられるのを見た覚えがない」

美綾は薄くほほえんだ。

「私も香住くんも、五年生あたりから自然に変わったから。私は泣き寝入りする子じゃなくなったし、香住くんもむやみに女子に当たらなくなっていた。有吉さんが、弱い子って言ってたけど、高学年になったら私にもそのことがわかった。香住くん、男子のあいだではいじめられっ子だったよね」

「それには、おれも、えらそうなことは言えないな。あいつを庇《かば》ったりしなかったんだから。あの年ごろって、男子同士のスキンシップに容赦がないんだよ。香住みたいに、実力もないのにからいばりするやつには、だんだん制裁みたいになる。香住のやつ、からいばりだけはやめなかったんだ。それでも、少しずつ目立たなくなって、中坊になったら消えていたな」

懐かしそうに言うと、澤谷は表情をゆるめた。

「こんなふうに香住を思い出すの、久しぶりだな。渡会さんが、いじめられてたなんて言い出すからだよ。小さかったときも、思えばそれなりにいろいろあったな」

「澤谷くんには中学のほうが、香住くんとの思い出がたくさんあるってことだよね。私は、小学校のことしか言えないから」

「いや、それほどよく知らない。だいたい、中学で香住とダチだったわけじゃないんだ。外でつるむ仲間の中には見ていたけど、おれとあいつの立ち位置は違っていた。ただ、卒業式後のあの日、香住に呼び出されたんだ。めずらしく」

美綾が思わず見守ると、澤谷は続けた。

「有吉にいい加減なことを吹きこまれても困るから、おれ自身から言っておくよ。中学のころ、夜中に公園でたむろする連中に入っていたのは事実だ。酒も飲んだし、無免許でバイクを走らせもした。親とうまくいかなくて、望まれることの反対を何でもやりたかった。でも、中二の終わりにはばかばかしくなって足を洗ったよ。香住は、もともと深入りしていなかったから、少しずつ遠のいたら報復もほとんどなかった。香住は、おれが抜けた後まで残った。あいつはおれほど要領よくなかった」

美綾は息をひそめて言った。

「じゃ、香住くんの呼び出しって……」

「いや、仲間につれもどしに来たわけじゃない」

先読みした澤谷が、あっさり否定した。

「あいつ、おれが家でうまくいっていないのを知っていたから、おれに言いたかったんだと思う。卒業後は家を出て自活することにしたって言うんだ。高校は通信制にして、自分で働き口を見つけるって。安い下宿も見つけてあるとか。うらやんでほしかったんだろうな。実際、おれはうらやましいと思ったよ」

「それで……その翌日に？」

「そう。やっと家から自由になれるという矢先に」

どちらもしばらく沈黙した。店に流れている音楽が急に耳についた。昔のジャズであるらしく、それもまた古めかしかった。

ようやく美綾が小声で言った。

「聞いちゃうと、よけいに胸が痛くなるね」

「好奇心のツケってことだよ。自分がしょいこむ必要ないことまで、本当は何があったかなどと首をつっこむものじゃないんだ」

澤谷の言葉に、ぐうの音も出ない気がする。それでも美綾は言った。

「そうかもしれないけど、こうしていつまでも覚えていて話すことは、死んだ人にとって冥利だって言った人がいるよ」

「古い言葉だな、冥利か」

澤谷は小声で笑った。

「渡会さんって、どこか古風な感じがするよね。いや、古風とは言わないのか。すれていない感じ、なのかな。育ちのいい感じというか」

からかう調子だったので、美綾は眉を寄せた。

「うちはただのサラリーマン家庭です。ご期待にそえず」

「大学は、自宅からかよっているの？」

「うん。澤谷くんは賃貸暮らし？」

「そうと言いたいけれど、残念ながらいまだに親の家。ころあいを見て出るつもりだけどね」

そのあとは雑談になった。二人とも、意識して話が香住にもどるのを避けた節があった。澤谷は愛想のいい人物なので、軽い話題になると急に楽しく感じられた。美綾がまだよく知らない、星の数ほどある運動系サークルの解説をしてくれる。

「ピンキリがすごいよ。まちがえて正規の体育部に入ると死ぬ思いをするし、一方には男女交流のほうがメインのサークルがある。どのスポーツでも同じだろうな。渡会さん、テニスやらない？」

「どっちのテニスを?」

「おれが入ったんだから、男女交流テニスのほうだよ」

「当然だったね」

店を出ると、澤谷はキャンパスにもどると言って駅へ向かう美綾と別れた。別れ際に、手をふって言った。

「また、何かで連絡するよ。今でもご近所ではあるんだし、よろしく」

美綾もうなずいた。悪い気持ちはしなかった。

(そうか、ご近所なんだ……よしみがあるんだ)

小学校の校区で言えば、澤谷の家は美綾の家とは反対側にあり、一度もそう考えたことがなかった。けれども大学生になった今、めったにないほど地縁のある関係なのだ。不思議な気分だった。この大学には、数万の学生が在籍しており、町の人口になるほどの人数なのだが、死んだ香住の記憶のある者は、その中に美綾たちしかいない。

香住が無免許バイクで事故を起こしたのは、近所のどのへんだったのだろうと、美綾はぼんやり考えた。


八百万の神が聞いても、美綾は澤谷光秋に会った話を持ち出さなかった。

なぜかは自分でもよくわからない。「おのこには興味がある」と言われて、かえって説明がめんどうになったところはある。なんとなく、ひとりの胸に収めておきたかった。

その後、高等部で仲がよかった村松愛里《むらまつあいり》からメールが来た。美綾としばらく会えなかったから会いたいし、卒業旅行のおみやげがあると書いてある。美綾も交流がぷっつりとだえたことを気にしていたので、喜んで会いに行った。

場所は、以前にも行った安くておいしいイタリアンの店だった。愛里の他、舞《まい》や桜子《さくらこ》もやって来て、おおいに話が盛り上がった。みんな以前と同じように美綾に接し、はずされ気味と感じたのは、自分ひとりのひがみだったのかもと思う。三人とも、しきりに美綾の大学の話を聞きたがった。系列の女子大に進学した愛里たちは、共学の環境に関心しきりなのだ。

「かっこいい人、いた？」

「サークルでコンパとかやった？」

「そっちのサークルって、外部学生も参加できるって聞いたけど、本当？」

美綾は、所属サークルをきちんと決めていないと話さなくてはならなかった。

「サークルのつきあいはまだよく知らないけど、小学校でいっしょだった人に二人も会ったよ。スポーツサークルの中には、男女交流がメインのサークルもあるって、その人が言ってた」

「それって、男子？」

「言ったのは男子。テニスのサークルに入ったんだって。小学校の昔と違って、すごくかっこよくなっていたの。みんなが見たらどう思うかなって、思わず考えたくらい」

有吉智佳の話もしたのだが、みんなが聞きたがったのは澤谷光秋のことばかりだった。

いつのまにか、細かいことまでしゃべらされていた。

愛里が、大きな目をして言った。

「何か、脈がありそうじゃない。やったね美綾、すぐに誘いが来て喫茶店で会うなんて」

桜子と舞も言う。

「幼なじみかあ、そういうのうらやましい。私には見当たらない」

「美綾も、やっとタイミングがずれなくなったってことだね」

あわててかぶりをふり、弁明にかかった。

「そういうのじゃないって。小学校のころにちょっと特別な思い出があって、それをいっしょに話しただけ」

「口実だな」

「特別な思い出って、意味ありげな言い方。共有するものを見つけたってことでしょ。いいなあ」

美綾はまたかぶりをふる。

「よくないよ。いい思い出じゃないんだから」

友人たちがどれほど取り沙汰しても、美綾にはその気になれなかった。澤谷が語ったのは胸の痛む過去の話であり、浮ついた気分で持ち出せるものではない。

（でも、はた目にはそうも見えるのかな……）

美綾が二人きりで澤谷に会ったことは、智佳にまだ教えていなかった。どう伝えていいかわからなかったからだが、ますます連絡しづらいような気がした。

つぎの日曜のことだった。

洗濯をして、一週間放っておいた片づけをしたら、昼の十二時を回っていた。あり合わせでチャーハンを作って食べ、午後は何をしようかと考えていたとき、携帯電話の呼び出しが鳴った。見れば智佳からだった。

「みゃあ、今日、家にいる？」

「いるよ。どうしたの」

「私ね、この週末、親のところにもどっているの。せっかくだから、みゃあのワンちゃんを見せてもらおうかと思って。行ってもいいかな、それとも用事があった？」

美綾はどきりとしたが、ことわるのも変だった。

「ううん、何もしていない。よかったら来てよ」

「それじゃ、三時ごろ行くね。お家はわかると思う。迷ったら電話するから」

電話を切ってから、あわてて小型犬を探した。天気がいいので、庭に出してやっていたのだ。

「モノクロ」

名前を呼ぶと、ツツジの植え込みの陰にいた白黒のパピヨンは、すぐに出てきた。毛の長い尻尾をふりふり駆けてきたが、白い毛に土汚れやゴミをくっつけている。おめかしが必要だと考えながら、美綾は声をかけた。

「聞いて、友だちが訪ねてくるの。モノクロに会いたいって」

パピヨンは桃色の舌を出して見上げるだけだった。八百万の神は、すっかりよそ見をしているらしい。

「聞いてよ。私の言うことに注意して。何か言って」

美綾がこんなふうに、しゃべらない犬に強制したのは初めてだった。だが、今はどうしても確認しておきたかった。

「出て来ないなら、来なくていいからずっとふつうの犬で通して。私、よけいな騒ぎにしたくないの。わかる？　わからない？」

犬のわき腹を抱え上げて言い聞かせると、ふと目つきが変わったような気がした。ただの気のせいかもしれず、変化というほど異なりはしない。だが、やはり声がした。

「なんだ、だれが訪ねてくるって」

「有吉智佳さん。前に話したでしょう、小学校の同級生」

答えてから、美綾はしげしげと相手を見た。

「あなたって、ふつうの犬のときも呼べば出てくるの？」

「呼ばれているのが聞こえたら、注意をもどす。必ず聞こえるとは限らないがな。もっとかかりきりで調整しているときもあるから」

「まだ、調整が終わらないの」

八百万の神はもったいぶって言った。

「するべきことはたくさんあるのだ。つまらないことで呼ばれたくないが、おもしろそうなことがあるなら、話しに来てもいい」

美綾はため息をつきたくなった。

「あなたがおもしろそうなことって、何」

「今はもちろん、見学できそうな人間のふるまいだな。有吉智佳というおなごには興味がある。どれ、会ってみよう」

それを聞いて、美綾はまたあわてた。

「まさか、有吉さんにも話しかける気？」

「おぬし、ふつうの犬で通せと言ったではないか」

モノクロは、犬のあくびをした。

「だいたい、今の仕様は、おぬしの耳に合わせて調整してあるから、おぬしにしか聞こえん。今後はまた、変えるだろうが」

一応ほっとしながら美綾は言った。

「変えなくていいよ。めんどうが起こるばかりだから」

「わしが人間になっても、おぬしにしか声が聞こえないのでは不都合だろう。そういうわけにはいかん」

「調整って、人間になるための調整なの？　ずっとやってるの？」

「当然だ。生物のやりなおしや、能力以上の仕様を別途に形作るのは、かなりむだな労力だ。これほどむだなことを試みるのは、きっと、わしくらいなものだろう。酔狂だと思うが、他の神が挑戦しないことをすると決めたからな」

小型犬はふり返り、自分の胴や尻尾を確認した。

「おぬし、あのブラシとやらをかけるといい。初対面の者が来るのに、毛が汚れているぞ」

(自分で言うな)

美綾は思ったが、黙ってブラシを取りに行くことにした。

三時すぎになり、智佳がやってきた。デニムパンツのラフないでたちで、ウェーブした髪をゆるくまとめている。はき慣れたデニムパンツなのは美綾も同じだった。

「おじゃまします。わあ初めてだ、みゃあの家。これアイスです」

玄関に入った智佳は、手みやげをわたした。

「ありがと。こんなにたくさん？」

「お家の人もどうぞ」

美綾は、言わなかったことに気がついた。

「ごめん、ちゃんと話せばよかった。この春から父親の勤務先がロンドンになって、じつは今、私以外の家族はロンドン住まいなの」

「ええっ、何それ。みゃあって、ひとりで日本に残ったの？」

智佳は目をまるくした。

「それで、犬の世話のことばかり言ってたのか。よくひとりで残る気になったね。私だったら、何が何でもイギリスへついて行く。ロンドンで演劇を学べたらすごいだろうな」

肩をすくめたくなって、美綾は言った。

「私にも、そんな目的があったらよかったんだけど」

リビングに入ると、智佳は当然ながら真っ先にモノクロを探した。

「わあ、パピヨンじゃない。いいなあ、犬のいる暮らし」

「飼い始めてから、そうじが大変だけどね」

「きれいな毛並み。抱っこが気持ちよさそう」

ブラッシングでおめかししたモノクロは、絹のような毛づやが映えて、たしかにいい犬に見えた。人見知りせず噛《か》み癖もないのだから、しゃべりさえしなければ、まったく安心して他人にまかせられる。

美綾がキッチンで紅茶をいれているあいだ、智佳はしきりにモノクロをかまっていた。リビングの低いテーブルにティーカップとアイスクリームを並べたころには、すっかり仲よくなったようだ。

「こんな犬なら、私も欲しい。よそのペットって、飼い主の前ではかわいいと言っても、本気でそう思えない犬猫もいるじゃない。でも、この子は本当にかわいい」

「愛想がいいのは確かだね。パピヨンって社交的な性質をしているんだって。でも、だれにでもそうだから、番犬にはならない。泥棒にも愛想よくしそう」

美綾と出会ったときも、最初からなじんだが、初めて会う智佳が大げさに撫で回しても、平然と身をまかせているのだった。小憎らしくなるほどだ。

智佳はかがみこみ、赤ん坊にするようにパピヨンと目と目を合わせた。

「そうかなあ、とっても賢そうな目をしているよ。人の言うことがわかるみたいに」

ぎょっとして智佳を見やった。見抜かれたのかと思った。

(まさか……)

念のためと思って聞いてみる。

「他の犬と違うところがある？　あったら聞いておきたいんだけど」

智佳はにやっと笑った。

「あるかも。私ってね、けっこう他の人が見ないものを見るんだよ」

「本当に？」

声がうわずりかけ、美綾は身を乗り出してたずねた。

「ちーちゃん、この犬がふつうじゃないってわかるの？」

その顔を見やって、智佳は笑い声をあげた。

「冗談、冗談、そんなに血相変えないで。みゃあって怖い話がすごく苦手な人だった？」

力が抜け、美綾は座りなおした。

「そうでもないけど。でも、どこか変わっているのを見つけたのかと思って」

「大丈夫、犬に何かが憑いていたとしても、周りに害のあるものじゃないから。私には、そういうのがわかるの」

「じゃあ、何か憑いているのはたしかなの？」

智佳は軽く言った。

「気にするたぐいじゃないよ。こういうの、わりに当たり前に存在しているもの。もちろん、気にしたほうがいいものもいる。みんなには見えないだけで、霊はそのへんにたくさんいるんだから。憑依《ひょうい》するのも、しないのも」

アイスクリームのカップを開けながら、何でもないことのように続けた。

「私、わりに幽霊が見えるのよ。小さいころから」

美綾はまじまじと見やった。小学校で同じクラスだったとき、智佳にそんなうわさは聞かなかった。もっとも智佳は、休み時間は校庭でサッカーに興じ、美綾たち教室から出ない子どもと話しこんだりしなかった。考えてみれば、外面的なこと以外は何一つ知らないのだ。

「知らなかった。ちーちゃん、昔から霊感のある子だったの？」

「学校へ行く年齢から、ほとんど言わなくなったから、知らなくて当たり前だよ。だれもが見ているわけじゃないとわかったし、それに、友だちにうとまれることもあるとわかって。それからは相手を選んで言うことにしたの」

美綾も過去をふり返った。

「私が今まで、だれからもそういう話を聞いたことがないのは、話せない人と見られていたからなのかな」

「打ち明け話をされたことがなくても、怪談なら聞いたことがあるでしょう。よそで聞いたお話に仕立てれば、かえってみんなに受けるものなんだよ。私もよくそうした」

アイスクリームを食べ、紅茶を飲みながらの雑談として、智佳は二、三の怪談を披露した。話し上手なので、美綾もぞっとしながら楽しんだ。そしてだんだん、幽霊が見えると言ったことからすでに、智佳の話芸のうちだったのではと思えてきた。それを言うと言わないとでは、話の聞こえ方が違ったからだ。

（ただの前ふりだったのでは。有吉さんのエンタテイナーの才能かも……）

そう結論しかけたときだった。紅茶を飲みほしてカップを置いた智佳が、急にまじめな面持ちで言った。

「こうして幽霊の話をしたのは、じつは、わけがあるからなんだ。みゃあにわかってほしくなったの。私が澤谷くんを呼び出して、死んだ香住くんの話を聞きたがった理由。何だか不自然だと思ったでしょう、どうして今、それを聞くのかと」

美綾は驚いて智佳の顔を見た。

「うん、思ったよ。どうしてだろうって」

一つため息をついてから、智佳は言った。

「私、見えたの。澤谷くんに香住くんの霊が憑いているのを。高一のときも見たし、今もやっぱり同じだった」

二

美綾はとまどい、すぐにはどう返していいかわからなかった。間をおいて、ようやくたずねた。

「見えたって、どんなふうに。どんな姿をした香住くん？」

「幽霊って、ずっと見つめると消えるらしいの。だから、幽霊だって気がつくんだけど、いると意識したら見えなくなる。見えるのは、目の端に映るときとか、何も考えずにそちらを見たときの最初の数秒だよ。だから、細かく見極められないけど、特徴はちゃんとわかる。別人じゃないよ、立ち方とかふんいきとか、小柄でぎょろ目のところとか。事故に遭った姿じゃなく、よれよれのネクタイの制服を着た、当時の学校の香住くんだった。それが、澤谷くんの斜め後ろくらいに立っているの。後ろにスペースがなくても」

これはさすがに、おもしろがるわけにいかなかった。

「ちーちゃん、まじで怖いんですけど」

「うん、私もちょっと怖い。だから、聞いてほしくなったのかも。同級生の幽霊は私も初めてだから」

「澤谷くん、知っているのかな」

「さあ、私は言ってない。言えないよ、こんなこと」

知らないのだろうと、美綾は考えた。知っていたら、美綾を呼び出しての話ができるはずがない。

「でも、どうして香住くんの幽霊が澤谷くんのところに？　ちーちゃんの見たものが本当だとしても、そこがわからないよ。澤谷くんって、亡くなる前日に香住くんに会っただけでしょう。事故の前に会った最後の人でもないのに」

智佳は奇妙なまなざしで、美綾を見つめた。

「それ、だれが言ったの。澤谷くんが前日に会っていたなんて、私は言わなかったけど」

「あ、いや、それは」

墓穴を掘ったことに気づいた。しかし、言い逃れをしてはさらに具合の悪いことになるので、いさぎよく打ち明けた。

「まだ言わなかったけれど、三人で会った後、もう一度澤谷くんと本部キャンパスで会ったの。少し話をしたとき、澤谷くんが自分でそう言っていた」

「ふうん、会ったこと、私には教えたくなかったんだ」

智佳の声は少し冷ややかになった。気を悪くして当然だと思い、ぜんぶ話すことにした。

「ちょっと言いづらかったのは、澤谷くんの話、ちーちゃんはどうして香住くんの事故を蒸し返したのかってことだったから。だから、私だけに聞きたかったんだと思う。私、そのときは、もう年月がたっているから、今なら話してもらえると思ったんでは、と言ってみたんだけど」

「そっか」

智佳は天井を仰ぎ見て、そのまま言った。

「予防線をはったってところかな。みゃあが香住くんを気にかけるとは、あいつも思ってもみなかったんでしょうね。みゃあは、ワルだった中学のころを知らない子だから、今さらあれこれ知ってほしくなかったのかも」

たしかに、智佳と会わなければ知らないことではあった。だが、知ったからといって評価が下がることでもないと、美綾は考えた。

「澤谷くん、私に隠したりしなかったよ。お酒を飲んだり無免許でバイクに乗ったと、自分から言ったもの。今ではすっかり縁を切ったんだから、そう気にすることもないんじゃないかな」

「ううん、気にしている。ぜったい」

きっぱり言って、智佳は視線を美綾にもどした。

「あのね、彼、香住くんと事故の当日に会っている。前日というのは嘘。みゃあには、事故と無関係だと思わせたかったんだよ」

目をぱちくりさせてしまった。落ち着いて語った澤谷の顔が思い浮かぶ。

「えっ」

「確かなの、それ」

「直前なのか、数時間前なのかはよく知らないけど。でも、そのせいで、警察に事情聴取されたひとりになったんだから」

「そんな」

平然と偽りを言われたと思うとショックだった。澤谷という人物がわからなくなる。

「……どうして嘘なんか」

「どうしてだと思う。香住くんの幽霊が憑いていることに、これも関係するんじゃない」

智佳は試すような口ぶりで言い、美綾はますます困惑した。

「ちーちゃん、もしかして、澤谷くんが香住くんの事故に関わったと思っているの？」

「あり得ると思うよ。無免許バイクの事故だったから、警察の調べもすぐにうやむやに終わったけれど、香住くん、今も何か言いたいのかもしれない。何か無念なことが──」

「やめてよ」

震え上がって思わずさえぎった。

「私には幽霊は見えないけど、想像だけでもぞっとしちゃう。もし、澤谷くんに香住くんがずっと取り憑いているなら、大学にも毎日来ているということ？」

「当然でしょう、そんなこと」

智佳は声を低くして言った。

「私ね、少し調べ始めたんだ。香住くんの幽霊を見たからには、そうする義理があるように思えて。事故当時のことを明らかにすれば、どうして澤谷くんに憑いているかもわかるし、何を望んでいるかもわかるかもしれない。みゃあも手伝ってくれない？」

思わぬ方向だった。けれども、智佳が本気で言い、十分乗り気なのは顔を見ればわかった。幽霊の存在は、智佳にとっては当たり前のことなのだ。

そして、考えれば考えるほど、美綾もこのままにはできない気がしてきた。真相を確かめることは、自分の気持ちをすっきりさせる上でも大事なように思えた。

「具体的には、何をすればいいの」

「報道には簡単にしか載らなかった死亡事故だけど、まずは事実確認からかな。図書館で地方紙などを調べたいと思うのね。それから、当時の友人に話を聞く。何かまだ知られていないことが出てくる気がするの。みゃあは地元に住んでいるから、地の利があるでしょう、みゃあも動いてくれる？」

「探偵しろってこと？」

智佳は笑った。

「そうね、探偵して。こんなこと、だれにでもは協力をたのめないよ。理由が、幽霊がいるからとあってはね」

冷凍庫にアイスクリームをいくつも残し、智佳は長居しないで帰って行った。

八百万の神は、よそ見せずに聞いていたと見え、智佳がいなくなるとすぐに口を開いた。

「みゃあ」

美綾が知らん顔をしていると、しつこく言う。

「おい、みゃあ、おぬしの名前だろう。呼んだらそちらも注意を向けろよ」

「私の名前は、美綾です。それに、犬がみゃあと言うのは変」

「どうしてだ。友人がそう呼んでいたではないか」

「みゃあは、猫の鳴き声でしょ」

「おお、そうか」

初めて気づいたように納得してから、性懲りもなく言った。

「みゃあ、ちーちゃんというおなごは、おぬしとは異なるタイプのようだな。そのことはわしも理解した。だが、まだ、おぬしの見る美人の基準がはっきりしない」

美綾も考えた。有吉智佳は、思った以上にエキセントリックな娘だった。そして、他人を巻きこむ力をもっている。自分は簡単に巻きこまれてしまった、と。

「ねえ、有吉さんの言ったことをどう思った?」

「どの内容を指すのだ。おぬしたち、だらだらといつまでもしゃべっていたではないか」

「香住くんの幽霊を見たって話は、信じていいの？」

「おぬしは信じたいものを信じていいぞ。わしはべつに文句を言わない」

「そうじゃなくて。幽霊っているの、いないの？　神様ならわかるんでしょう」

白黒のパピヨンは、首をかしげて見上げた。

「人間が幽霊の話をするのは、わかるつもりだ。幽霊とは、死んだ人間の姿をして、けれども実体がないもののことだな」

「そして、見える人もいるし見えない人もいる。幽霊は本当に存在しているの？　私が見えない人の側にいるだけ？」

「さあ」

犬は、興味を失ったようにあくびをした。

「見た人間にとってはいるんだろう。おぬしは見ないのだから、いないと考えてもいいのでは」

美綾は、無責任さにむっとした。

「それですませられるならすませるってば。今まで、オカルトに関わったことなどなかったんだから。だけど、こうしてあなたの声を聞いてしまったせいで、何も否定できなくなったじゃない。責任とって何とかしてよ」

「ごちゃ混ぜにしてはいけない。神と幽霊には大きな隔たりがある」

「どっちも同じに超自然現象じゃない。第一、あなただって死んだ人間なんでしょう。

天正年間に死んだと自分で言ったくせに」

美綾が言い勝ったらしかった。八百万の神は少しのあいだ黙った。

「……わしは死後もその姿で残る気など、天正のときにも起こさなかったぞ。それに、今の物質界にそこまで時代の離れた残像を作って何になる。幽霊であろうと、それほどメリットのないまねはしないはずだ」

「そんなことないよ、鎧武者とか着物の女の人とか、何百年も昔の幽霊もたくさんいるらしいよ」

「そうなのか？」

「それに、死んだ人間を祀ったら神様になった例もあるよ。菅原道真《すがわらのみちざね》とか、平将門《たいらのまさかど》とか」

「人間中心の世界観だ。祀ることで神ができるはずがない。幽霊も同じだ。死んだ人間がそばにいると考えるのは、人間の願望による世界観だ。神とは本質が異なる」

「難しいことを言ってごまかしても、納得しない。神だってオカルトだもの」

美綾は憤然と言った。

「私、犬がしゃべっただけでいっぱいいっぱいなのに、さらに幽霊まで持ちこまれたんだよ。この件くらい、どうにかしてよ」

モノクロは、少々後ろめたそうに座りこんだ。

「おぬし、怒っているのか。わからんおなごだな」

「私だって、どう考えていいかわからないよ」

美綾は髪に指を入れてかき上げた。

「澤谷くんの言ったことと、有吉さんの言ったことは違っているし。向かい合ったときには、嘘などついている感じはしなかったのに」

モノクロが腰を上げた。とがめるように言う。

「そういえば、おぬし、おのこと会った話をしなかったではないか。わしも聞いて意外だったぞ。どうして話さなかった、興味があると言っておいたのに」

「それは……」

美綾は急に立場が悪くなり、口ごもった。そして、ふと気がついた。帰って話したくなかったのは、気持ちよく澤谷と別れたにもかかわらず、相手の本心が見えなかったからだ。美綾に言ったことと内心の思いとは、別の次元にあるような気がしたからだった。

「澤谷くんのことをどう考えたらいいか、はっきりしなかったんだもん」

「気に入らないやつなのか」

「逆」

美綾は思わず言った。

「いい感じの人なんだけど、それでも何となくわからないところがある」

モノクロは不満な様子で、少し飛び跳ねた。

「逆なら逆で、確定してほしいな。何となくなど付け加えずに」

「そんなふうに簡単に行かないよ。人の印象なんて、割り切れるものじゃないんだから」

　少し考えなおしたのか、小型犬は鼻先をなめた。

「〝割り切れる〟は計算の比喩だな、覚えておこう。人間が人間をどう見るかは、学んでおくべきものごとの一つだ。外部からではわかりづらいからな」

「あなた、天正のときは、いい人か悪い人かでしか相手を見なかったの？　それじゃ、うまくいかなかったのも当然だね。神様というのは、白黒二択で判断するもの？」

「おおまかに言えばそうだが、思考の基準がまったく違う。ポイントは効率だ。そして、神々の基準というのは、生物の基準とそれほど違わない。ただ、人間だけがそこから逸脱する。無用な概念を巻きこんで生きる習性をもっている。想定外のルールがかなりあるぞ」

　美綾は眉を寄せた。

「また小難しいことを。そんなのパピヨンの顔で言わないでよ、似合わないから」

　モノクロは、この発言を無視して言った。

「とにかく、わしは幽霊に興味をもつことにした。今まで一度も気にとめず、知る必要もなかったが、人間の言う幽霊とは何かと興味を向けるのもいいかもしれん」

「結論は、まだ一度も見たことがないってことね」

　冷ややかに言った美綾に、小型犬はえらそうに返した。

「興味がないことは見ない。むだに決まっているだろう。しかし、今からは見るかもしれないぞ」

「あなたが香住くんを見たら……」

美綾は小声で言って、口をつぐんだ。このような可能性があることに気づかなかったのだ。

「見たら？　最後まで聞こえなかったぞ」

「どうしよう、もし見たら。有吉さんの言ったことが本当かどうか、確かめる方法があるなんて思わなかったのに」

急に胸がどきどきしてきた。背筋が寒くなるようでもある。

「香住くんが本当にそこにいたら、存在していたら、どうしよう……」

八百万の神には、美綾がうろたえる理由がわからないようだった。

「おぬし、結局、わしに見てほしくないのか。はっきりしてくれ」

「ちょっと待ってよ、考えさせて。私も覚悟を決める必要があるから」

このままでは、今まで縁がないと思っていた怪しげな世界に足を踏み入れてしまう。

死んだ香住が今もそばにいることを認める世界。

けれども、しゃべる犬とこうして長々と話し合っているからには、とっくに美綾もオカルト同好会に足を踏み入れているのかもしれなかった。


大学へ行けば、日常は変わらなかった。

新入生の気ぜわしさが、まだまだ続いている。美綾も、死んだ同級生やオカルトを考えてばかりはいられなかった。

サークルの所属が決まった。前から誘われていた混声合唱団と、ひょんなことから日本民俗学研究会に入ることになった。

日本民俗学研究会は、教育学部内の小さなサークルだ。教室で隣に座った三浦英美利《みうらえみり》に、話を聞きに行くからいっしょに行かないかと声をかけられた。二人ともひやかし半分で、学部ラウンジのメンバーに会ったのだが、その結果、英美利はすぐさま入会を決め、美綾まで勢いで入会してしまった。われながら意外だった。

話をしてくれた二年男子は、杉田《すぎた》という国語国文科の学生だった。登録会員十五名ほどの小さな集まりで、日本の民俗の研究とはいえ、小説や漫画を扱うメンバーも多いという。

「堅苦しい研究会じゃないんだ、古い風俗や伝承に少しでも関心をもって、自分が好きで追究することを報告すればいいんだよ。それがアニメでもゲームでもかまわないんだ、会長の得意分野だって『もののけ姫』研究なんだから」

メガネで小太りの、人の良さそうな二年男子はにこやかに告げた。

「関連があるなら、外国のことでも架空のことでもだめとは言われないよ。いろいろあったほうがおもしろいよね。あとは、休みやノリのいいときに、みんなで現地をたずね歩いたりするのも活動だ。夏や冬、春休みには、有志合宿もあるよ」

美綾がこの研究会に心を引かれたのは、やはり、八百万の神に出会ったせいだろう。日本古来のあれこれを、くわしく知らない自分に気づいたのだ。

「日本の神様とか、日本の怪談とか、調べてもいいんですか」

美綾がたずねると、杉田は力強くうなずいた。

「それはむしろ、ど真ん中の研究だよ」

混声合唱団のほうは、三年生にたまたまS女学院の先輩がいたのだった。サークル見学に行ってからは、熱心に誘ってくれた。

S女学院は、合唱祭の盛り上がる学校だった。クラス対抗のコンクールでは、どのクラスも熱が入ったため、美術部だった美綾でも合唱に慣れている。絵を続ける気はなかったし、混声合唱を歌ってみたいと思ってもいたので、とうとうことわらなかった。

こちらは二百名近い登録団員のいる大規模サークルであり、全体練習の会場はキャンパスの外になった。全体練習の日と学内で行うパート練習の日があり、美綾はソプラノパートだ。女声合唱ではいつもメゾソプラノだったので、新鮮な気分がした。

大学全体に及ぶ大所帯の合唱団なので、文学部キャンパスからも理工学部キャンパスからも学生が集まってくる。学部の枠をはずした交流があるのだった。会話の内容も入る情報も自然に違っていた。

サークルが決まったことの利点は、居場所ができたことだ。これまでずっと、学内に自分の教室と自分の席があることに慣れてきたから、定位置のない大学キャンパスはどこか落ち着かなかった。けれども、正式メンバーとなったサークルがあれば、部室や集会所がある。ひとりがつまらないとき、行って雑談に加わることもできる。自分の所属サークルができたら、妙に安心できた。これで日々が確立したような気がする。

（だから、腰をすえて問題にも取りかかれる……）

考えずにすませている間も、いつも心にあったせいで、今は香住の幽霊について怖がらずに思いめぐらすことができた。そして、やはり有吉智佳の話を無視できないと思った。

（これは、他人の問題におせっかいを焼くわけじゃない。私自身のためだ。香住くんが死んで後ろめたかった私だから、香住くんのことが最後まで嫌いだった私だから、有吉さんの調査に協力するべきなんだ）

家に帰った美綾は、納戸の戸棚から小学校の卒業アルバムを抜き出した。このあいだから写真を見たいと思いながら、見る勇気が出なかったのだ。ようやく決心できた。

アルバムを抱えて階段を下り、白黒のパピヨンの前に立って言う。

「ここに小学校のころの澤谷くんの写真と、香住くんの写真があるの。あなた、見たい？」

八百万の神は聞いていたと見え、すぐに返事をした。

「写真はわかるぞ、見てみよう。犬は動体視力のほうがよいから、文字を判読するには適さないが、それもだいぶ調整できたところだ。人間の印刷物も読める」

カーペットの上にアルバムを開いた。六年二組の集合写真。その下と次ページに個別の顔写真が並んでいる。

「写真の下に名前が書いてあるよ。澤谷光秋と香住健二。さあ、どれでしょう」

「遠慮を知らんな、神を試みる気か」

モノクロは鼻を近づけて真剣にアルバムに見入った。さらに前足で指し示す様子は、はたから見れば、芸達者な犬のようでおかしかった。

「これと、これだな。簡単だった。ところで、みゃあの名前が見当たらないが、おぬしのはないのか」

「何言ってるの、私は美綾だって。渡会美綾」

「おお、そうか。これだな」

写真を前足で押さえてから、モノクロは言った。

「いや、しかし、三人ともほとんど見分けがつかない。おぬしたちは似ているな」

「はあ?」

美綾はあきれて声を上げた。

「何一つ似ていないよ。どこを見たら、そんなことが言えるの」

「幼体はみな似ているのではないか?　それに神は、人間同士ほど顔かたちに注意しないものだ。犬も同じだが」

ますますあきれ、美綾はたずねた。

「じゃあ、私の何を見て飼い主に選んだの。男でも女でも、通りすがりのだれでもよかったってこと？」

　相手はまじめくさって言った。

「それは違うぞ。わしが言うのは、人間が映像だけ記録した紙の上のことだ。実際の物質界では、視覚以外のさまざまな情報が受け取れる。犬も視覚にはたよらん。人間というのは、視覚ばかりに依存する生きものだな」

「姿かたちで見分けないなら、何で見分けるの。匂い？」

「犬は確かにそうだな。目で見るより確かなことがたくさんある。人間にとって、目鼻の位置やわずかな形状の差は重要なようだが、他の生きものなら、まともに機能するなら問題にしないぞ。もちろん、均整がとれて栄養状態がよく、大きくて強い個体は、どんな生きものでも理想的だ。しかし、人間の場合はそれだけですまないし、おぬしの美醜の基準もまだよくわからん」

　美綾は口をすぼめた。

「私が有吉さんを美人と言ったこと、まだこだわってる」

「そういえば、色気の基準もよくわからん」

「もういいよ。写真が役に立たないってことはよくわかったから」

　美綾は卒業アルバムを取り上げ、ひざにのせたが、念のためもう一度聞いた。

「集合写真の中にいる私がどれかも、やっぱりわからない？　こちらのほうが、他の子と比較できるけど」

　モノクロはのぞきこんだが、少しして言った。

「顔写真と同じ顔つきの幼体はいないな。注意して見ても見分けられない」

（そうか、同じではないな。こちらは校庭で撮って、ずいぶんまぶしかったから）

　写真を見れば、美綾にはすぐに級友が見分けられる。ほこりっぽい校庭の様子やあのころの服の感触まで思い出す。整列してから、なかなか写真が撮れなかったことも覚えている。黙ってじっとしていられなかった、まだまだ子どもっぽかった自分たち。

（私は何を見ているんだろう。あのころの時間とは、いったいどこにあるんだろう）

　ふと考えた。自分は人の何を好ましいと思い、人の何を厭《いと》わしいと感じるのだろう。何が美しく、何が醜いのだろう。

（均整がとれて栄養状態がよく、大きくて強い個体、か。たしかに、それを美しいと言ってもいいかもしれない。でも、人間を言うならそれだけじゃない……）

「ねえ、姿かたちが問題じゃないなら、問題にするのは性質？　神様は、そういうものを見て取るの？」

　美綾がたずねると、モノクロは言った。

「総体として見るという意味では、そのとおりだ。ただ、もともと神々の思考は個体の区別には大ざっぱなのだ。だから、わしは今、どうでもいい互いの差を詳細にうんぬんする人間の見方を学んでいる。かなり無意味だが、人間になると決めたからな」

だんだんむっとしてきて、美綾はそっぽを向いた。

「やっぱり、私じゃなくてもよかったとしか思えない。つまり、たいした違いはなかったんでしょう。私でも、お隣のおばさんでも、男の子でも」

「隣のおばさんも、男の子も、大学へは行かない。だから違う」

パピヨンは鼻先を上げ、輝く黒い目で美綾を見つめた。

「おぬしは、家の前でわしに出会ったと思っているが、わしは違うぞ。大学にいたのだ。しばらくのあいだ」

とんでもない告白を聞いた気がして、美綾はふり返った。

「うそ、いつ、三月？」

「二月の入学試験には、すでにいた」

「私、見た覚えないよ」

「この犬の姿ではない。まだ、生きものになる前のことだ。何をどうするか決めるつもりで、人間の同年代の若者がたくさん集まったところを見ていた」

得意げに座り立ちしたモノクロは言った。

「そこへおぬしが通りかかったから、ついてきたのだ。だから、おぬしは選ばれたことに自信をもっていいぞ」

美綾は耳を疑った。ここしばらく、会話を自分の妄想と思うことは保留していたのだが、やはり妄想かと思ったほどだ。

「あなた……学問の神様だったとか？」

「いや、関係ない。大学が見物に都合よかっただけだ」

「そうだよね。そこまで都合よくないか」

むしろ学んでいる最中の神様だったと思いなおし、ため息をついてから、いつのまにか話が大幅にずれていることに気がついた。

「ええと、澤谷くんは実物がかなり変わったから、写真を見てもしかたないとして。香住くんはこれくらいしか外見がわかるものがないの。死んだのは写真の三年後だけど、有吉さんも中三の写真が見つかるのかどうか。幽霊がどう見えるかは知らないけれど、ひょっとしたら映像だけかもしれないでしょ。見ておけば、少しはわかりやすいんじゃないの」

「ふむ。並んだ写真の中では、香住とはどの個体になる」

パピヨンが再びのぞきこんだ。

「この子」

「おぬしは、このおのこをどう見ていたのだ」

少しためらってから、美綾は言った。

「香住くんは、痩せて小さいほうで、きょろきょろして落ち着かない子だった。ここに写っているのはわりに硬い顔だけど、いつでもうすら笑いしているようなところがあった。目つきがよくないの。大きな目だけどすがめる癖があって。どこでもまじめな態度が取れなかった。だれとも協調できなかったから、友だちもいなかった。女子には、何の前ぶれもなくたたいたり、思いっきり髪を引っぱって逃げることしかしなかった」

「そうとう否定的だな、おぬし」

モノクロに言われて、うなずいた。

「嫌いだったの。香住くんって、仕返しできない女子にしか手を出さなかったから。男子に向かわないのは、男子のだれにもかなわなかったからだよ。でも、五年生になったら、担任の先生の指示もあって、クラスで『香住くんを仲間はずれにするのをやめよう』と話し合いがもたれるようになったの。そのころから、香住くんも女子をいじめなくなった。私だって、卒業のころにまだ根に持っていたわけじゃなかったよ。それでも、好意まではもてなかった。私から香住くんに声をかけたことはなかったし、向こうもかけてこなかった。そういう関係」

「なんだ、そんなに縁遠い幽霊を、わしに見てほしいのか」

八百万の神が不思議そうな声を出した。

「わしには、幽霊よりもおぬしの心境のほうがわからん。不快な相手なら、わざわざデータを集めずにデリートするほうがいいのでは」

「そういうわけにはいかないの。もう、思い出しちゃったから」

美綾は答えた。

「私、死んだ知らせを聞いたときも、心から悲しいとは思っていなかった。だからこそ、今、香住くんの幽霊がいるという謎を解かなくちゃいけない気がする。それができるものなら」

三

寝る前になって、美綾は有吉智佳にメールを打った。

「香住くんの件、私も調べてみるから、事故のあった正確な日付と場所を教えてくれる？　あのころ聞いたはずだけど、手もとに記録がないの」

するると、数分後に智佳から電話がかかってきた。

「ありがとう、本気で考えてくれて。本当はね、あのとき協力すると言っても、思いなおして放っておくだろうと思っていたんだ。そうされてもしかたない話だって」

確かにそうだと、美綾も考えた。

「うん、ちょっとは思ったよ。私は幽霊を見たことのない人間だし。でも、澤谷くんに憑いているというのが変に思えて、かえって気になっちゃった」

「事故の日付と場所をメールで送るね。あと、調べた新聞記事のファイルも送るから、読んでみて。私が何を考えているか、少しわかってもらえると思う」

美綾も助かる気持ちだった。

「うん、読ませて。図書館へ行こうかと思っていたの」

「私にも、まだ見落としがあると思うよ。これ、主な新聞だけだから」

智佳は言ってから、やや声音を改めた。

「私もね、あれから少し動いてみたの。中学でいっしょだった子に聞いている。でも、聞く範囲をあまり広げると、友人から澤谷くんの耳に入ってしまうかも。

だから、みゃあもよく気をつけてほしいの。私たちが調べていることは、澤谷くんに知られないように。こちらが彼のためを思ってすることでも、そうは思ってもらえないだろうから」

美綾はどきりとした。

「そうだよね……澤谷くんにとっては不愉快だね」

電話の向こうで、智佳が口調を強めた。

「澤谷くんが、また何か言ってくることがあっても、今度はぜったい私のことを話さないでね。香住くんの件も話題にしないで。だって、変にこじらせたくないじゃない、せっかくの昔なじみなのに」

「そうだよね」

小さくなる思いで同意した。どうして人の傷をえぐるのかと、澤谷が言うのを直接聞いたというのに、あまり思い及ばなかったのだ。

「だいじょうぶ、気をつける」

「みゃあがいてくれて、ずいぶん心強いよ。また会って相談しよう」

電話を切った後、少ししてメールも届いたので、添付ファイルをノートのほうで開いてみた。けれども、大きなディスプレイで映す必要もない、簡単な記事が三つあるだけだった。

香住の事故は、相手があるものではなかった。道路脇の鉄柱にみずから激突したのだ。記事の言い回しなら「全身を強く打って死亡」。深夜のことで目撃者がなく、警察は事故のいきさつを調べていると書いてある。バイクの真の持ち主は近くの高校生らしい。三つとも似たような内容だが、一つだけ「友人とのトラブルがなかったか、事情を聞いている」と書かれていた。

（友人とのトラブル……）

読み過ごしそうな表現だが、わざわざ友人とことわるのが不思議に思えた。さらに見つめるうちに思い当たり、ぎょっとした。

（警察は、自殺の線でも調査したのでは……）

無免許の香住が、バイク操作を誤ったのではなく、絶望して突っこんだのだとしたら。

（夜遊び仲間とのトラブル？　澤谷くんは本当に無関係？）

体が冷たくなる気がした。澤谷が、本当は事故当日に香住と会っていたのなら、無関係はあり得ないのではないか。

（あんなにさらりと偽りを言える人なら、警察もうまくかわしたのかも。真相を知って

いながら、言わずに通したのかも）

すでにパジャマになっていた美綾だが、目が冴《さ》えて眠れなくなってしまった。ノートを開いたまま、あれこれと考え続ける。澤谷の小学生時分を知っているといっても、美綾の知ることなどわずかなものだ。五年生と六年生の学校生活に限られ、それまでもその後も知らず、思うことなど計り知れない。

（香住くんの幽霊が憑くのはおかしいなどと、安易に言えないのかもしれない）

当時は、クラス内でも賢く親切なほうで、よくできた男子に見えた。けれども、変化の激しいその後の六年間に、何があってもおかしくないのだ。簡単に先入観をもってはならないと、美綾は自分に言い聞かせた。

香住の事故現場は、それほど遠くではなかった。近所とは言えないが、犬の散歩道の途中から向かえば、歩いて行ける場所だ。

行ってみようかと思いながらも、数回は見送った美綾だったが、週末が来たので思い切ってモノクロもいやがらずについてきた。週末は公園まで行ったり、いろいろ寄り道していたからだ。

やがて、幅広い道に行き当たった。広いと言っても交通量の多い幹線道路ではなく、

住宅街を抜ける道の一つではある。ハナミズキの街路樹が植えられており、歩道を広くとって、ゆるやかな坂道になっていた。商店があっても静かな住宅地の中であり、殺伐とした事故が多発する場所には見えなかった。

（夜にはもっと車が通らなかっただろう。坂を下って飛ばしていたのかな……）

携帯で地図を確認しながら坂を下り、目印のファミリーレストランのある交差点に行きついた。事故があったのはここだった。香住は曲がろうとしていたのだろうか、右折する角に当たる。

美綾は横断歩道をわたって現場に立ち、しばらくたたずんだ。何の変哲もない交差点、何の変哲もない標識や信号、街灯、ガードレール。それなのに、だれかがここで命を落としたと知るだけで気分が異なる。見た目のままの安全なものは何もないと、周囲に告げたくなる思い。悼む思いと警告が入り交じり、何か目印があるべきだと思うような。

事故現場に花がたむけられることを思い出し、そうする気持ちがわかるようだった。花を買えばよかったと思いかけたが、三年もたつのに、それも迷惑なことだろう。

モノクロはさかんに支柱を嗅ぎ回っていたが、美綾がいつまでも動かないのを知り、そばに来て座りこんだ。美綾は、期待せずに小声で言った。

「香住くん、ここで死んだんだよ。何かわかったら、あとで教えて」

「いや、わかるほどのことは、ここにはない」

即座に声が聞こえたので、びっくりした。

「あなた、散歩は嫌いでしょう。リードをつけている間は出てこないと思ったのに」

「いつもなら放っておく。見たいものがあるときだけだ」

モノクロは鼻先をなめた。

「しかし、おぬしは、ここへ来て何がわかると思っていたのだ。三年前のことだろう」

「霊には、地縛霊と言われるものがあったりする。死んだ場所からずっと動かないで、いつもそこに出るらしいよ。私も、そのくらいのことは聞いている。香住くんは地縛霊じゃないけど、思い残すことがあるとすれば、事故現場でも何か見て取れるかもしれないでしょう」

説明したが、八百万の神は気のない声を出した。

「人間はいろいろこしらえるものだな。今どきは、神々の分類は考えもせず、幽霊ならばあれこれ考えているのか」

「幽霊のほうが、身近にいるから切実だもん。害があったら怖いと思うし」

「神だって、害があるものはあるぞ」

「そうでしょうけど、実感がないんだなあ」

美綾は言ってから、思いついた。

「神々に興味をもつ人もいるにはいるよ。ゲーム好きな人。RPGには、よく神様が登場するし、解説本もある。ゲーム世界では、神話や古い伝説を使うことも多いみたい。それもたいていは外国の神々だけど」

「ゲームというのは、作りものだろう」

「エンターテインメントでも、まったく忘れちゃうよりましじゃない。今の私たちが神についてイメージするとしたら、本やゲームの知識にたよるしかないもん」

「幽霊の存在は、科学で実証できないのだろう。おぬしは幽霊を見たことがないくせに、どうしてそちらは切実で神々は実感がないんだ」

「見たことがなくても、話は読んだり聞いたりするもん。だれでも幽霊になる可能性がありそうだから、人間とは別存在の神様とは感じ方が違うよ。知っている人の幽霊ならなおさら違う。何か理由があるだろうと思えるし」

信号が変わり、横断歩道をわたってくる人が数人いたので、美綾は口をつぐんだ。ひとりでしゃべっていることに気が引けてきて、そっとモノクロに確認する。

「本当に何もない？　ないならもう行くけど、もし霊がいても、神様にも見えないということはあるの？」

相手はどこか機嫌の悪い声を出した。

「おぬしの目指すものがあいまいだから、わしにもよく見えん。ただ、幽霊が神より身近だという人間の考えがわかった。たとえ作りものであろうと、幽霊のほうが脅威だということだな」

美綾は、歩き出した小型犬を見やった。

「もしかして、幽霊をライバル視している？」

「ライバルという定義がおかしい。実在するかもあいまいで、自分で見ていないものを、どうして同等に扱えるのだ」

(神だって科学で証明できないのに、よく言えるな。きみのことだって最初は妄想だと思ったし、今でも完全に妄想ではないとは言えないんだけどな……)

美綾は考えたが、相手が不機嫌そうなので口に出さなかった。

実際、パピヨンの姿で神を名乗るものがしゃべることに慣れたとはいえ、いまだに、奇妙な与太話につきあっている気分が抜けない。けれども、実害のない範囲にとどまるならば、話を合わせているのもつまらなくはないと思うのだった。

(……肝心なのは、私の精神バランスかもしれない。病的な考えに走らず、現実との見境がなくなる危険をおかさないよう、うまく距離をとれば問題ないのかもしれない)

道を歩きながら、そんなことを考えた。

現場へ行ったことの収穫はなかったが、その夜に智佳からメールが届いた。リビングのソファーに座り、テレビをつけたまま本を読んでいるときで、モノクロもそばにいたので、内容を知らせてやった。

「有吉さん、あれから、中学の後輩に香住くんの話を聞いたんだって。その子、事故の当日に香住くんと澤谷くんが会っていたのを覚えていたって。やっぱりそっちが本当なんだ。有吉さんがねばって聞いたら、やっと教えてくれたって……えっ、本当?」

一度息をのんでから、美綾は続けた。

「澤谷くんと香住くん、お金の貸し借りがあったみたい。香住くんはそのとき、お金を受け取りに行ったって、その子が言うんだって。どういうことだろう、澤谷くんが貸す側ならまだわかるけど」

モノクロが、前足でいじっていたパソコンから頭を上げた。

このところ、パソコン操作を覚えてしまい、大きなキーボードなら打てるモノクロだった。やらせてくれとせがむのだが、美綾は大事な自分のノートを共有する気がなかったので、拓也が使わなくなった十七インチノートを貸し与えている。弟は最新型に機種変更してイギリスへ持っていったので、たとえ壊れたとしても文句は言われないはずだった。

「なぜ、澤谷が金を貸すほうが理解できるのだ」

「香住くんが、人に貸すほどお金を持っていたとは考えられない。そういう親の家だったもの。澤谷くんのほうが裕福なはずだよ、どう見ても」

智佳のメールを見つめ、美綾は続けた。

「それに、香住くんは家を出て自活するって、澤谷くんが言っていたこともある。それなら、まとまったお金が必要なのは香住くんのほうだったし」

「まとまった金を必要とするから、金を取り立てたのでは？」

「それ、澤谷くんから借りるって意味で使ってない？　もともと貸すお金のない人が返してもらうはずないでしょう」

美綾は首をかしげた。

「お金のやりとり……まさか、そのことにこだわって、澤谷くんのところに幽霊が現れるとか？　お金のトラブルなんてことがあるかな。でも、何かぴんとこないなあ。有吉さんもそう思うみたい。後輩の勘違いかもしれないって」

キーボードから前足を下ろし、モノクロがこちらに向きなおった。

「おぬしたち、幽霊はどういうときに現れると考えているのだ」

改めて思いめぐらせてみる。

「恨みを残したときかな。死に方に恨みがあるとか、復讐《ふくしゅう》したい人がいるとか。マイナス感情でこの世に未練があって、化けて出るという感じ。だから怖いんだよね。でも、愛する人が心配で化けて出るという怖くない話もある。とにかく、この世に執着が残って、あの世に行けないという感じ」

白黒のパピヨンは、ふんと鼻息を吹いた。

「死んでも強い感情が残留して、その人間の残像が見えるということなのか。幽霊は死人が持つ生前の感情なのか。うさんくさいな」

「魂と言う人もいるよ。死んだ人の魂がさまよっているって」

言い返してから、魂とは何だと聞かれても自分は答えられないことに気づき、言いなおした。

「でも、やっぱり、まずは強い感情が残ったと言えるかもしれない。だから、中学生のお金の貸し借りくらいで、そこまで恨みを残すとは思えないのね。いくら大きな額と言っても、知れたものでしょうし」

「金というのは、人間社会のルールによる、個人や団体の所有物のパワーを交換可能な数値で示したものだな」

まじめくさってモノクロが言った。美綾としては、その確認から始まるのかとため息が出る。

「人間は、身体能力、知的能力、そして溜《た》めこんだ金の量で強者弱者を決める。これは合っているな？」

「まあ、基本は合っていると思う」

「感情が入らないではないか。なのに、死後に残留するほど強い感情の人間は、優秀と見なされるのか。幽霊として尊ぶほどに」

「尊んではいないよ。ありそうなことだって思えるだけ。恨まれて幽霊が出たら、気味が悪くて、見たくないとだれでも思うし、自分が幽霊になるほど思いつめる身になるのもいやだと思うし」

言ってから、肝試しと称してわざわざ幽霊を見に行く人々がいると思い当たった。

「でも、中には進んで見たがる人もいるけど。刺激的だから」

「どちらかはっきりしてほしい」

「言えないよ。怖いもの見たさっていうのも、人によっては確かにあるんだから。あっ、性分だよ、神様にもあるそれぞれの性分」

（……香住くんには、澤谷くんを恨む理由があったんだろうか。それとも、恨みではなく何かの気がかりだろうか）

香住の幽霊が気になるのは、だからだと気がついた。感情のしこりがあったかどうかなのだ。けれども、人の感情をどうしてこれほど恐ろしいものに感じるかは、よく考えるとかえってわからなかった。

モノクロは考えこむように言った。

「人間の感情の動きは、外部の者がもっともとらえにくいものの一つだ。感情の強さが幽霊になるなら、幽霊は神からもっとも遠いかもしれん。上界の神にも感情がないことはないが、微細なものだ。人間のように生存の損得がからむことがないからな。損得は生存競争から生まれるのであって、神には必要ないものだ」

「感情も損得もないなら、性分が違うのはなぜ？」

美綾がたずねると、小型犬は毛の長い尻尾を左右にふった。

「上界でも、霊素のわずかな組成の差で、神々の特性が違ってくるのは事実だ。あえて物質の比喩で言うなら、イオンに電荷があるようなものだ。だが、特性が合わないなら距離をとればすむ。合う同士が接近することならあるぞ、いつか融合して一まわり大きな神になることもある。とはいえ、そこまで同一点にいられる者も少ないので、事例がたくさんありはしないが」

「変なの。神様って、人間とはまったく違ったものなんだね。アメーバかそういうものみたい」

「アメーバも何も、上界に物質界のような実体はない」

美綾はソファーの上でひざを抱えた。

「人間は神様の姿をまねて作られたって、外国の神話の本に書いてあったけどな。挿絵にもたいてい、人間に似た姿かたちの神様が出てくる」

「世界を人間中心に考えないことだな」

すげなく言われて、美綾は顔をしかめた。

「神様は、人間の心の中までぜんぶお見通しで、万物すべてのことを了承ずみだと思っていたのに」

パピヨンは、これみよがしにあくびをした。

「おぬし、人間が考えるような些細《ささい》なことまで、他者に関心を持たれるとは思わないほうがいいぞ。うぬぼれに聞こえるから」


次の週、午前の講義が終わったときだった。美綾がバッグを肩に席を立つと、携帯電話が鳴った。澤谷光秋から連絡が来ていた。

午後の授業の後に、教育学部の出入り口前へ行くと書いてある。美綾の都合を聞くでもなく、返事を欲しがるでもなかった。気が向かないなら顔を合わせなくてもいいと、言外に匂わせるようだ。これを強引ととらえるべきか、アバウトととらえるべきか、迷うところだった。今回は何の話があるとも書いていない。

(用事は何だろう……)

返信を打ちかけたがすぐにやめた。たずねてからことわるのでは角《かど》が立つだろう。このまま会うか会わないかの二択なのだ。

(そういえば、この前会ったのと同じ水曜日だ)

つまり、美綾には続く授業がないと、澤谷もすでに承知しているのだ。それでも、民俗学研究会を理由にことわるなど、避ける方法はある。だが、美綾はやはり気になっていた。澤谷光秋はどういう人物なのだろう。そして、美綾に何を言おうとするのだろう。

(有吉さんや私が調べていることが、もう澤谷くんに知られてしまったとか?)

まさかと思うが、懸念がある以上、確認したくもあった。

授業が終わると、出入り口に向かった。前回のようにいそいそとではなく、少しためらってからゆっくり階を下りたので、外に出たらすでに澤谷がいた。水色のシャツを袖をまくって着ている。多機能そうなごつい腕時計が目を引いた。美綾の姿を認めると、澤谷は明るくほほえんだ。

「急で悪かった。返事が来ないから、どうかなとは思ったんだけど」

この前も今も、あやまっている顔ではないなと思いながら、美綾はたずねた。

「どうしたの。何かあった？」

「あれから渡会さん、どうしているかなと思って」

少しどきりとした。その後に智佳が家に来たことを、どこかで知ったのだろうか。

「べつに、たいしたことはしてないけど」

「入るサークルは決めた？」

智佳にふれない話題と知って、思わずほっとする。

「うん、混声合唱団と日本民俗学研究会にした。日民研のほうは、学部の小さな集まりだけど」

澤谷は大げさに驚いた。

「うわっ、みごとに畑違いだな。渡会さんってそういう方面に興味があったんだ」

「私もたまたまってところはある。続くかどうか、これからじゃないとわからないけど、おもしろそうだとは思ったの」

「スポーツもしたほうがいいよ。テニスに誘えないかと思ったのに」

澤谷が言うので、美綾は笑った。

「だめだめ、私、テニスってぜんぜんできないから」

「初心者でいいんだよ、上手な人ばかりじゃない。おれの入ったサークルは、強くなることに重点を置いていないんだ。友好を深めるテニスだから」

「それでも無理だって」

どう言われても、美綾にテニスをする気はなかったが、はねつけるだけでは心苦しくなってきたので、女学院の友人の話をしてやった。

「女子大へ行った子たちが気にしていたの。外部の学生でもサークルに入れるかって。この前会って、大学の話をしたものだから」

「もちろん入れる。別の大学の友だちといっしょに入った子が、新入生にもういるよ」

澤谷は気軽に応じ、乗り気なところを見せた。

「なんなら、友だちといっしょに見学に来たらいいよ。サークルのみんなが歓迎することは請け合うよ。多ければ多いほどいい」

美綾は笑った。

「なに、澤谷くん、サークルの勧誘に来たの？」

「じつはそうなんだ。先輩も愉快な人が多いし、気楽なところだから、渡会さんも誘えたらなと」

含みのない調子で、ほがらかに言う。

「せっかく大学でまた会えたんだし、何かをいっしょにしようよ」

美綾は、さっきから気になることを言おうかためらった。

（今度も、どうして私だけ？）

澤谷はなぜ、美綾にだけそれを言いにくるのだろう。有吉智佳にふれずに言うのはどうしてだろう。しかし、わざわざ智佳の名前を出して話をそちらにもっていくのは、賢明じゃないとも思える。

美綾が黙ったので、相手はけげんな顔で見た。

「どうかした？」

しかたないので、思いきってたずねた。

「有吉さんは誘った？」

澤谷は当然のことのように言った。

「あいつは来やしないよ、やりたいのは演劇だろう。最初から期待しなかったけど、やっぱりだったね」

（なんだ、先に誘ってみたんだ……）

美綾は気が抜けたが、それで楽にもなった。

あっさりことわるのが智佳らしいと思える。したいことをすると、だれにでもはっきり言うのだろう。智佳に気がねしないですむとなると、澤谷との会話もはずむようになった。

澤谷と面と向かっているあいだは、幽霊が気になることはなかった。生き生きと毎日を楽しむ、美綾などよりずっと早く大学の水になじんだ学生だ。美綾がそのことを指摘すると、澤谷は笑って言った。

「おれの行った都立高は、もとは男子校で今も男子の比率が多いし、この大学と気風が似ているんだよ。昔からずっと、ここに進学する人数がダントツに多いんだ。だから、高校の先輩もあちこちにいて、めずらしくもないくらいだよ」

「うらやましい。私なんて、知っている人がぜんぜんいなくて、やっと合唱団で先輩をひとり見つけて入ったのに」

「そりゃそうだろう、S女学院じゃ」

澤谷は、美綾の顔をのぞきこむようにした。

「どことなく、環境にとまどっている気がしたよ。それもあったからだろうな、サークルに誘おうかと思ったのは」

「ええー、私ってたよりなく見えた？」

「いや、そこはほら、六年生時代を知ってるから。じつはか弱くないって」

たくみにフォローして、澤谷は言った。

「だから、周りに慣れたら、もっと渡会さんのよさが出てくると思ったんだ」

たじろぐものがあったが、よかれと思って言うのだから、気持ちよく受け取るべきだった。

「ありがと。そう言ってくれて」

澤谷の話は何度もテニスのサークルにもどった。先輩や同輩の人柄、活動や決まりの話がどんどん混じる。

この日は店に入らなかったが、キャンパスを出て講堂わきの庭園を歩き回り、木陰に座って自販機の飲みものを飲んだ。そのころには、いつのまにか、美綾が女子大の友人をつれて見学に行くことになっていた。

（まあ、いいか……）

澤谷と別れてから考えた。香住の幽霊など消し飛ぶほど、澤谷光秋は今を生きていて、それをしっかり認めることも大切かもしれない。

連絡を回せば、愛里たちがはりきることは最初からわかっていた。美綾としても、友だちを喜ばせるのはうれしいし、小学生時代を知らない友人といれば、死んだ香住に話が及ばずに助かると思うのだった。

見学当日になり、美綾と澤谷が正門わきで待っていると、愛里、舞、桜子が三人そろって現れた。気合が入っていることは、さりげなく気を配った身なりにも現れていて、三人並ぶといかにもファッショナブルだ。この大学の水準の少し上を行っている気がする。

「こちら、小学校でいっしょだった澤谷光秋くん。私も行くのは初めてだから、案内してくれるの」

「小暮《こぐれ》舞でーす」

「村松愛里でーす」

「宮台《みやだい》桜子です」

澤谷は気取りもせず、はにかみもせず、初めて来た女子を迎える態度としては理想的だった。

「ようこそ、うちの大学へ。来るのがたいへんだった？」

愛里たちは、学祭に来たことがあるなどと話し始め、スムーズになじんだ。澤谷ひとりが四人の女子をつれ歩くことになったが、気後れする様子もない。これが逆で、美綾がひとりで澤谷が男子三人をつれてきたら、自分はもっと意識してしまうだろうと思えた。

大学グラウンドへ行くには、キャンパスを出て少し距離がある。サークル数が多いため、いつもは使えず、一般のテニス場で活動を行うことも多いそうだ。

「他サークルと共同で使うこともある。そういうときは試合になるね。一般のテニスコートをとるときは、外部メンバーの足を考慮して近くに設定することもできるよ」

美綾はすでに聞いた話なので、あとの三人が説明に聞き入るのを優先して、一番後ろを歩いた。ひときわ高い澤谷の背中を見やり、本当にそこに香住健二の霊がいるのだろうかとぼんやり考える。

（後ろから見た場合、幽霊も後ろ姿が見えるんだろうか、それとも、どちらから見ても正面を向くんだろうか……）

ばかばかしい気もしてくる。智佳の話を真に受けて本当にいいのだろうか。澤谷がげっそりやつれて陰気な人物になっているならともかく、これほど大学生活を満喫しているというのに。

（……幽霊が取り憑いたせいで、不幸な目に遭うこともなく、快適な日常が送れるなら、

たとえそこにいようと放っておいてもいいのでは）

　五月の陽光は明るく、湿度は低かった。そよ風が吹き抜けるテニス場では、白いウエアの男女がさわやかだ。戸外にいるのが気持ちいい、たしかにスポーツがしたくなる陽気だった。

　テニスサークルの人々は、澤谷が請け合ったとおり、美綾たちの見学を喜んでくれた。人数はけっこういて、熱心に練習している人のかたわら、フェンスわきで話に興じているだけの人たちもいる。暇にしている人の中には、見学する美綾たちにつきあって最後までコートに出なかった者までいた。

　澤谷は、途中から見学者の相手を先輩にまかせ、自分はラケットを握った。ウエアに着替えて出てきた姿に注目する女子大生たちに向け、笑ってみせる。

「腕には期待しないでくれよ。うまくなくてもサークルに入れるという見本だよ」

　そう言いながらも、かなり球を拾っている澤谷だった。運動神経がいいのだろう。そばにいた先輩が、講評するように言った。

「あいつ、まじめにやったらけっこう強くなると思うよ。ただ、本人はその気がないって言ってるね。格好がつく程度でいいって。そういうのもありだよな」

　美綾たちは、最後まで居座らずに帰ってきたが、舞と愛里は去り際にまた来ると約束していた。自分たちだけになってから、美綾は確認してみた。

「このサークル、入る気になったの？」

舞が勢いよくうなずいた。

「うん、入ってもいい。テニスは好きだし、サークルの人たちも感じいい。女子大のテニスクラブよりおもしろそう」

それを聞いて、愛里も言った。

「舞がそう言うなら、私も入っちゃおうかな。知らない大学へ来るんじゃなくて、美綾もいることだし」

「桜子は?」

桜子だけが、あまりその気にならないようだった。

「うーん、ちょっと考える。でも、みんながまた行くなら、もう少し様子を見ようかな」

美綾は、愛里を見て言った。

「私は入らないと思うけど、それでもいい?」

愛里は目をまるくした。

「うそ、どうして。美綾って、澤谷くんとつきあう気じゃなかったの」

「そんなこと、だれも言ってないよ」

「どうして。聞く以上にかっこいい人じゃない、あの人」

舞があきれた声で追い打ちをかけた。

「なに、美綾って決めたんじゃなかったの。かっこいいけれど、もう美綾のお目当てだと思って除外したのに。じゃあ、まだまだフリーと思っていいの?」

美綾は顔をしかめた。

「フリーかどうか知らない。彼女いるかって、聞いてみたことないもの」

「それなら、私が聞いてもいい？　美綾がその気だったらやらないけど、私、アピールしてみたいかも」

舞の言葉に、かすかに胸がざわついたが、阻止したいと思うほどではなかった。

「いいよ、私、澤谷くんと何かあるわけじゃないから」

愛里も顔をしかめた。

「これだから美綾は。そうやっていつもタイミングを逃して、あとで悔やむことになるんだよ」

「ちがうったら。澤谷くんとは、もともとそういう気持ちで会う相手じゃないの」

三人がにぎやかに言い合う中、桜子ひとりが加わらずに携帯をながめていた。いつでもマイペースな子なのだった。そして、おもむろに口を開いた。

「メールが来た。さっきいた二年の林《はやし》さん」

美綾たちはぎょっとして話をやめた。

「あんた、メアド交換なんかしていたの。いつの間に」

桜子はストレートの黒髪をかき上げた。

「うん、したよ。二人だけで会わないかって言ってきた。どうしようかな」

「えええ」

あきれ返る友人一同だった。

美綾の話を聞き、モノクロはたずねた。

「それはつまり、桜子というおなごが一番優秀だということになるのか？」

「優秀というか。一番もてたってことにはなるかな」

「一番美人で、一番色気があるということだな」

（まだ、そこにこだわる……）

美綾は渋い思いだったが、しんぼう強く言ってやった。

「桜子はたしかにきれいだけど、舞だって愛里だって魅力のある子だよ。だれが最初にもてたっておかしくないんだから。ただ、タイプがいろいろなだけ。今日はたまたま桜子を好みのタイプと思う人がいたってだけだよ」

パピヨンが黒い目を輝かせて見つめた。

「どういうタイプなのだ」

「何なの、そののろこつな興味」

「人間が人間同士で評価する、微細な差が知りたい」

ため息をついて、思いめぐらせる。

「ええと、桜子は、あまり騒がないクールなタイプ。私たちの中で一番背が高くて、髪も一番長くて、黙っていればおしとやかに見える。一番優しい性格なのは愛里で、えくぼがかわいいの。背は私と同じくらいで、髪の長さも同じくらいだけど、愛里の髪はくせっ毛でふわっとしている。舞が一番元気で明るい人だな。みんなをぐいぐい引っぱっていくタイプ。一番小柄だけどはつらつとして、髪をいつもポニテかシニョンに結っている」

説明を聞いたモノクロは、すぐに質問した。

「タイプがいろいろなのに、どうしておぬしたちは固まっているのだ」

「気が合うのは、同じタイプだけとは限らないでしょう。自分にないものを持っている人のほうが、おぎない合うことができるし」

「融合できもしないのに寄り集まるのは、下界の場合、たいていはあれだぞ。個体の生存率を上げるための戦略」

美綾は思わず、小魚が大群をつくって泳ぐ映像を思い浮かべてしまった。

「ずれたことを言わないでよ。私たちの場合は捕食者なんていないじゃない」

「それでも、何かの利を求めて群れることには変わりないだろう」

（そうなんだろうか……）

ふと、考えた。学校内に友人グループができることを、自然で当たり前と思っていたが、これも突き詰めれば危機の回避だろうか。校内の危機といえば、まずはいじめに遭うことだろう。仲よしグループで集まるのは、自分がいじめられることの回避で、グループに加われない子は、いじめられっ子の危険があるからなのか。

（いつのまにか当たり前にしていたけれど、思えば私がグループをつくるようになったのは、小学校高学年からだ……）

美綾が考えこむあいだに、モノクロは寝そべって前足にあごを乗せていた。のんきな声で言う。

「おぬしたちが群れる利益はどちらにあるんだろうな。選別するほうになのか、選別されるほうになのか。たしかに横並びでいてくれたほうが、まぎらわしいほどの些細な差をうまく見分けるには都合のいいことだ。なるほど、それで、歌って踊るアイドルは同じ年ごろのおなごが舞台にずらずら並ぶのだな」

美綾は目を見はった。

「なんで今のアイドルなんか知ってるのよ」

小型犬が、鼻先でノートを示した。

「細かい作業が可能になったから、最近はもっぱら動画を見ている。テレビもよく見るぞ」

（私が大学に行っているあいだ、そんなことで暇つぶししていたのか……）

リビングで跳ね回られるよりいいとは思いながらも、脱力するものがあった。他人にはぜったいに見せられない光景だ。

モノクロは美綾のあきれ顔にかまわず、まったく得意げだった。

「すぐに、おぬしと同程度に現在の人間の関心事にくわしくなれるぞ。ストックしておけば、いざ人間になったとき役に立つ。映像でなく生の現場を見物したいものだが、まだぜいたくは言えないからな」

美綾は腕を組んだ。

「あなたのストックって、結局美人の見分け方についてじゃない。神様だと思いたくないくらい低俗な目のつけどころだね」

「そんなことはない、大事なことだ。それに、わしは幽霊にも興味をもった。もう仮説を立ててみたぞ」

愛らしい顔を向けて、モノクロは言った。

「おぬしは先ほど、持たないものをおぎない合うから群れていると言ったな。それも一理ある。人間は、道具を使うための知性をもっとも発達させた生きものだ。それゆえ、人間同士も道具に使って当然だ。そして、幽霊にもそれが当てはまる。人間が幽霊を見るのは、幽霊がいたほうが便利に使えるからだ」

友人を道具と言われてむかっとした美綾だが、それよりさらに、幽霊を道具と考えるのが意外すぎて、そちらに食いついてしまった。

「幽霊がいてよかったなんて、だれも思うはずないよ。気味悪く思わない人なんていないんだから。どうしてそういう考えになるの」

相手は言い張った。

「人間全員が便利に使っているとは言わない。けれども、幽霊が何かしらだれかを有利にするから生まれたのだ。下界に無意味なことはたくさんあるが、人間はそう考えない習性がある。観念上と思われる事物ならなおさらそうだ」

「それなら、神だって人間の道具？」

「おぬしたちの考える神がまったくそういうものだから、幽霊にも当てはめてみたのだぞ」

モノクロは、前足で鼻づらをこすった。

「実態とは違うから、神がどう扱われようと気にならないがな。幽霊にも、本当は別に実態があるのかもしれないし、あくまで仮説だ」

美綾はしばらく黙った。テニスウエアを着た澤谷光秋の姿が浮かんできた。のびのびとラケットをふるっていた、何の屈託もないコート上の姿。幽霊という言葉さえ場違いに思えるほど、明るい日射《ひざ》しの下、健全に見える動き。

「……じゃあ、香住くんの幽霊はだれを有利にするの。澤谷くんじゃないよね。まさか、有吉さんとか？」

「見た人間に有利とは限らないだろうな。まだ、わしの見ているものが少ないから、そこまでわからん」

小声になって、美綾は言った。

「私、今日、澤谷くんは香住くんの幽霊と関係ないんじゃないかと思えた。影響も何もないなら、澤谷くんに憑いている意味はあるんだろうかって」

モノクロは急に、憂鬱そうな声を出した。

「わしも、生で目にしたいものだがな。そのおのこも、幽霊も、もてるというおぬしの友人も」

「ぜいたく言えないって、自分で言ったでしょ」

「わしも幽霊になる方法がないものかなあ。おのこの背中にいるという幽霊のように、おぬしにくっついて大学へも行けるではないか」

これが次元の高いところにいる神様と言えるのかと、美綾は考えるのだった。

第三章　雉《きじ》も鳴かずば

一

母の利香子のメールに、出国後初めてイギリス留学の話題が載っていた。

美綾としては、とうとう来たかという感じだった。

「……こちらの学校に入るつもりがあるなら、入学する前に会話教室へ行っておいたほうがいいと思うの。

何より、まず、イギリス暮らしがどんなものか知るために、夏休みを利用して出て来なさいよ。こちらはずっと涼しいし、美綾のための部屋も確保してあるのだから。

日程がわかったら、飛行機の予約をしておくから、予定を早めに決めてね。

この夏、私たちが帰国するのは無理そうです。帰るなら年末より夏のほうが忙しくないけれど、来て間もないのであれこれあるし、拓也がしっかり友人になじんでからのほうがいいと思うので。その意味でも、美綾にイギリスへ来てほしいのよ。……」

（はいはい、拓也さまさまね……）

これを読んだのは、朝の混んだ電車の中だった。吊《つ》り革《かわ》につかまり、片手で携帯電話を操作していたが、押されて虫の居どころが悪いせいか、美綾はあまり浮き立たなかった。

利香子の最優先事項は拓也の教育であり、美綾もそのことには慣れきっている。年の離れた弟をうらやむ気持ちはないのだが、調子の悪いとき、癇《かん》に障ることもあった。

自分は、弟のように育ってはいない。拓也を産むまでの利香子は、父と同じ会社でデザイナーとして働いて、子育ては二の次だった。母も若かったのだから、しかたないかもしれないが、美綾が放置されて大きくなったのは事実だった。

（私だけ、一家の中で毛色の違う人間に育ったのは、そのせいだよ……）

弟が生まれるまで、家族旅行に一度も行かなかった。幼稚園や小学校の長期休みは、祖父母の家に預けられていた。だから、休み中の宿題を手伝ってくれたのは、いつでも祖母であり、母ではなかった。

姑《しゅうとめ》に似たところを美綾がもっているとしても、母自身がそうさせたのだ。美大へ進むことを早々に捨てたのも、祖父母の家で読書好きになったのがきっかけかもしれない。

メールを閉じて車窓に目をやる。

五月も過ぎようとしていた。雨の日が増え、今日も午後には降ってくる予報だ。流れる景色は、空の色も木々の葉も湿度が高そうな色合いだった。

もうじき梅雨入りの発表があるだろう。そして、梅雨が明けたら猛暑の夏がやってくる。

美綾は、夏のはじめの蒸し暑さが一番苦手だった。なまぬるい空気に息苦しい気分がして、頭も働かない。梅雨明けにはまた元気になるのだが、それまでがつらかった。

(イギリスは梅雨がないから、六月は花盛りですがすがしいんだろうな。その後も、夏じゅう気温が二十度前後なんだろうな……)

心が動くが、夏休みに行くかは迷うところだった。なにしろ家にはモノクロがいる。このおかしな犬をどこかへやって、長く留守する気持ちになれないことに気づく。

(……拓也だけじゃなく、私だって四月からの暮らしになじむのが先決だよ。大学のつきあいもいろいろあるし、飛行機代が出せるなら、そのお金を私に使わせてほしいのよね)

生活費は不自由なくもらっているし、サークルなどの交際費も許される。だが、黙って飼っている犬の費用がばかにならないのだった。ペットの世話はお金がかかるのだ。流用するにも限度があり、夏休みにバイトをしたほうがいいのではと思ったりする。

女子大の友人たちは、あれからテニスサークルにけっこう顔を出していた。

桜子は来ないこともあったが、林先輩をふってはいないようで、ときどきテニスをするらしい。連絡が来るので、美綾ももう二回ほど、テニス後のみんなとお茶を飲んだ。けれども、自分がテニスをするつもりはなかった。合唱練習も日民研もおもしろくなっていたのだ。

有吉智佳はその後、香住健二の調査メールをよこさなくなった。教職の授業で顔を合わせても口にせず、他のおしゃべりで終始するようになっている。智佳が語るのは劇団の話が多かった。

（探偵は進展しないみたいだな。有吉さんも投げちゃったのかな……）

美綾も調査をうやむやにしているのだから、それならそれでいいと思うのだった。澤谷のサークルに友人が入ったことは、隠さず伝えてあるのだが、前ほど澤谷に憑いた幽霊に執着しないようだ。演劇サークルに没頭してしまったのかもしれない。

（どの程度真剣に言ったのか、読めないところはあったもの。有吉さんって単に、熱しやすく冷めやすい性質なのかも）

やれやれという気持ちのほうが大きかった。澤谷光秋の人となりを知れば知るほど、香住に恨みをもたれていると疑うのが不自然な気がしてきたのだ。熱心に調査を続行するというわけにはいかなかった。

雨が降ってきた正午すぎ、愛里から電話がかかってきた。

「今日のテニスは中止なんだけど、かわりに映画を観《み》ようってメールが来たの。私、行ってもいいなと思うんだけど、舞も桜子も都合が悪いって。ねえ美綾、いっしょに行ってくれない」

「愛里ひとりが女子ってわけじゃないんでしょう」

「そうだと思うけど、舞も桜子もいないのって初めてなんだもん。でも、観たいと思っていた映画だし」

舞や桜子なら、こういうとき、いっしょに来てくれとは言わないだろう。愛里ならではの発言だ。けれども、そんな愛里がいつも接着剤になって、四人がまとまっていたとも言えるのだった。

美綾は、大学が別れても連絡をくれた愛里に感謝していたので、このたのみを引き受けた。タイトルを聞けば、自分も観たい映画ではあったのだ。

行ってみると、映画館へ出向く学生は七名だった。天候が悪いときも、集まって過ごしているらしい。他にも、スカッシュなどのインドアスポーツに行った人たちがいるという話だ。映画を観るグループには、澤谷光秋も入っていた。二年男子はひとりだけで、あとは男女とも一年、女子は美綾を入れて三名だった。

美綾を誘ったとはいえ、愛里は内気ではなかった。顔ぶれとしてよくなじみ、もうひとりの女子とも澤谷たちとも気軽に言葉を交わしている。美綾のほうがおとなしくしていると言えた。けれども、映画が期待通りおもしろかったので、美綾の気分も上向き、お茶を飲みに入った店では感想を楽しく言い合った。

「そう、ただの恋愛ものより、不思議なことが起きる話のほうが好きだから。タイムスリップなんかもいいと思う。ホラーが入っているのはわりに平気。あまりにグロかったりスプラッタがメインでなければ」

勢いこんで語っていると、澤谷がおかしそうな目を向けた。

「不思議なことって、民俗学的興味で？　この人、日本民俗学研究会に入っているんだよ」

澤谷の隣で二年男子が身を乗り出した。

「へえ、民俗学。じゃあ、土着の因習とか扱ってるのかな。日本のホラーでは、旧家にまつわる呪いとか、山奥の村で起きた怪事件とかよくあるよね」

美綾は、いやいやと手をふった。

「そうじゃなくて。宇宙ＳＦでも、よくできているのは私、好きですよ。それに、私の入ったサークルって、とってもゆるい研究会なんです。アニメがテーマでもかまわないくらいで」

否定したのに、テーブルを囲んだ面々の話題は、いっきにホラーや怪事件に移ってしまった。観てきた映画の感想も出尽くしたところだったのだ。怖い話となると、それぞれ何かしらネタを披露したくなるらしい。

ひとしきり話が出たあとで、ふと愛里が言った。

「よそごとでなくても、身近なところにも不思議はあるよね。ほら、この前のテニス場にあった赤い紙。あれは何だったのかな」

美綾以外の人たちは思い当たったようで、一瞬会話がやんだ。

「ああ、あれか」

「いたずらだよ」

「いたずらにしても、わけわかんないな」

美綾は隣の愛里を見やった。

「何があったの」

「テニス場のロッカールームで、小さなものがなくなったことがあって。お財布は無事だったし、たいしたことないと言えばたいしたことないんだけど。それでも、盗まれたと思うと気持ち悪いじゃない。そのとき、ロッカールームのドアの内側に、赤い短冊みたいな紙が貼ってあったのね。意味のわからない模様が書いてあって、まるでお札みたいだった」

もうひとりの女子が口を添えた。

「最初に着替えたときは、あんなものなかったって、ぜったいに言えるよ。ドアを開けたとき、あったら気づくよ。でも、お札かどうかはわからない。もっと安っぽい薄い紙だったと思う」

美綾は愛里に言った。

「模様って、どんな模様？　お札に見えたなら、そういうものに詳しい先輩に聞いてみるけど」

「ちゃんと覚えてないや。字ではなく模様に見えたし、それに、管理の人にわたして来ちゃったから、見せるのも無理」

「私も、見たけど意味がわからなかった。カメラに撮っておけばよかったかな」

一年男子が、ちょっと笑って言った。

「おれも見たけど、犯行声明には見えなかった。あれは犯人の手がかりじゃないよ、別件だ」

「何かがなくなったのは、女子のロッカーだけだったの？」

美綾がさらに聞くと、愛里はうなずいた。けれども、そのあとで澤谷が口を開いた。

「じつを言うと、おれもなくしたものがあった。もらった手帳だけど、あまり使わないからすぐにわからなかったんだ」

愛里ともうひとりの女子は目を見はった。

「どうして言わなかったの」

澤谷は肩をすくめた。

「別の場所でなくしたのかもしれない。ロッカーから消えたのかどうか、今でも自信がないんだよ。よけいな騒ぎになるのはいやだったし、たいして惜しい品じゃないし」

男子たちが顔を見合わせた。

「なんだよ、男子のロッカーももっとよく調べるべきだったのか？」

「あっ、おれは無理。ものをなくすのしょっちゅうだから、そういう小さいものだと、持っていたかどうか言えない」

「男子のほうにも赤い紙が貼ってあったんじゃないのか。不注意者ばっかだから、だれも気づかなかっただけで」

なくなったものが深刻な品ではないので、笑い話で終わるようだった。けれども、愛里は不満げだった。

「なくなったのって、私のペンダントだよ。安いものでも気に入っていたのに。バッグにつけたマスコットをなくした小島《こじま》さんだって、そう言ってた。小さくても迷惑は迷惑だよ」

帰りぎわまで気づかなかったが、この日、美綾は澤谷と帰ることになった。

同じ町に住んでいるのだから、考えれば当然のなりゆきだ。愛里とは早くに路線が別れたし、同じ方向へ帰る他のメンバーはいなかった。

しかし、気づまりなことはなかった。如才ない相手であり、こちらに気を使わせたりはしない。

満員電車に乗ると、澤谷の背の高さを実感する。自分ほど息苦しくないのではと、ねたましくなるくらいだ。だが、そのぶん、美綾が他の乗客に押しつぶされないよう気づかってくれた。庇ってもらえるのは気持ちのいいことだった。痴漢に遭わずにすむこともありがたい。まだ二ヵ月ちょっとの通学中に、腹の立つ目に遭ったことがすでにあったのだ。

降りる駅までの半ばを過ぎると、混み合った乗客が減り、ふつうに会話もできるようになった。美綾は、話の糸口にたずねてみた。

「澤谷くんはこれまで、身近なところで不思議な体験ってある？」

口にしてから気がついた。もう気にするまいと思っていたくせに、どこかで香住の幽霊を想定しているのだ。話せる機会に聞いてみたいのは、やはりそのあたりになってしまう。有吉智佳の洗脳だろうか。

澤谷は少し考えてから、聞き返した。

「きみにはあるの？」

「ええと」

口ごもってしまった。美綾はこの瞬間まで、モノクロが頭に浮かばなかったのだ。しかし、パピヨンがしゃべることを不思議体験と言わずに何と言うのだろう。

このあいだまでの美綾なら、その方面とは縁がないと笑えたはずだった。けれども、今では口にしたら嘘になる。

「……霊感はないと思っていたんだけど、今はちょっとわからないというか」

「何か見た？」

「見たとかじゃないんだけど。うぅん、簡単には言えない」

「たいていは、うまく言えないことなんだよ。不思議なできごとというのは」

わけ知りな口調なので、美綾は横顔を見上げた。

「じゃあ、澤谷くんは見てるんだ」

「いや、おれはそういうたちじゃないよ。お化けのたぐいにも鈍感なほう」

吊り革でなく、吊り革を下げるパイプをつかんでいる澤谷は、その腕にもたれるようにして言った。

「お化けより人間のほうが怖いと思うな、おれは。人間の悪意が一番怖いはずだよ」

「幽霊なんて、人間の想像にすぎないと思う？」

「目の機能や脳の機能の障害で、いないものを見てしまう人は実際にいるらしいよ。とっくに死んだ人とか、翼のある天使とか。見る人ぜんぶが障害とは言えないのかもしれないけど」

「じゃあ、言葉をしゃべる犬はどう思う。耳の障害？」

澤谷は吹き出した。

「なんだよ、それ。人面犬？」

「いいよ、ちょっと聞いてみただけ」

美綾が顔をそむけると、澤谷は言った。

「おもしろい人だよね、渡会さんって。反応がいつも予想のちょっと斜め上というか」

「常識ないと思ってるんでしょ」

「そんなことないよ。予想がついたら話もつまらない」

（女子の反応に予想がつくほど、たくさんの女子とつきあってきたってことかな……）

美綾は密かに考えた。澤谷の容姿ならありそうなことだと思えた。女子の相手に慣れているのは、こういうことに疎い美綾だろうとわかる。

「私ね、最近、何ごとも決めつけちゃいけないと思うようになった。不思議なことでも不思議でないことでも。昨日までの自分が知らなかったことが、まだまだふいに訪れるかもしれないって」

「そうだね、人間のすることだってそうだ。他人じゃなく自分自身の何かでも、昨日まで知らなかったことが急に出てきたりする」

同意した澤谷に、美綾はたずねた。

「たとえば？」

「たとえばさ、自分の知らない自分の好みが急にわかることだってある。今まで出会ったことがないから、思いもよらなかったのに」

思わず美綾はほほえんだ。

「あるある。私、今まで犬も猫も飼ったことがなかったのに、このあいだから犬を飼い始めて、動物の世話が好きなことに気がついたよ。獣医さんにも飼い主に合っているって言われた」

「へえ、どんな犬？」

「パピヨンなの。帰るまで家に閉じこめているから、遅くまで留守ができなくて。そのせいで、サークルのコンパなどは出られないけど、しかたないよね」

「遊ばなくていいほど、犬を優先しているんだ」

「ちゃんと遊んでるよ。今日だってこうして、サークル以外にまで顔を出しているんだし」

美綾は本気でそう言ったのだが、めずらしそうに顔を見られた。

「なるほど、犬がガード役なのか。やっぱり斜め上だなあ」

珍奇だと思われるのも不本意で、美綾は、モノクロがどれほど特別な犬かを言ってやりたくなった。ふと考えた。

（澤谷くんにモノクロの話を打ち明けたら、どうなるだろう……）

お化けを見るたちではないと強調する澤谷だから、たとえ何か体験していたとしても、香住の話を打ち明けることにはけっしてならないだろう。けれども、美綾のほうから心を開いてモノクロの不思議を語ったら、そして事実を認めさせることができたら、澤谷にも語る話があるのではないだろうか。

他人にモノクロの話をしようかと考えたのは、これが初めてだった。しかも、その相手が澤谷光秋だったことが、美綾自身にも意外だった。もっとよく考えて決めないといけない。それに、他の乗客に聞こえるところで口に出すわけにはいかなかった。

駅に着いても雨が降り続いているので、美綾はバスで帰ることにした。あっさりと澤谷と別れ、少し残念な気がする反面、ほっとする思いもあった。

（澤谷くんと別れるときは、いつもそうだ。両方感じる気がする）

どうして両方なのだろうと考えこんだが、答えは見つからなかった。


モノクロは、このごろ読書をするようになった。

犬の目で文字が読めるようになると、やたらに読むのが早いらしい。いつのまにか電子書籍の購入を覚えてしまい、美綾が気づいたときには、もう金額がかさんでしまっていた。きつく文句を言って、月額の上限を言いわたしてある。

すると、やけに教養の高い本を選ぶようになった。古典名作にはダウンロードがゼロ円のものがあるし、課金があっても安いせいだ。

玄関のドアを開けても、このごろは上がり口へ出迎えに来なくなった。美綾がリビングに入ると、白黒のパピヨンは案の定ノートのディスプレイに見入っていた。黒い耳をちょっと動かしてのんびり言う。

「散歩はしないぞ。毛が濡《ぬ》れるのは好かない」

「知ってるよ。私だってめんどう。でも、ぜったい運動不足だよ。なかなか散歩しないんだから」

「わしにとって、たいしたことじゃない」

八百万《やおよろず》の神は、犬の体をあまり重視しない。モノクロと神とが別ものに思えるのはこういうときだ。言われると美綾は、自分が犬の健康を気づかわなくてはと使命感に駆られるのだった。

「たまには、夜もどこかへ行ってよ。あなたがいなけりゃモノクロは運動を喜ぶのに」

「何を言っている。わしがどこへ行くというのだ」

美綾は答えず、ドッグフードを用意したが、ふつうなら喜んでごはんに飛びつくモノクロが、神がいるときはもったいぶるのだった。すぐには器に近づかずに言った。

「『古事記』を読んでみたぞ。ゼロ円だった。おぬしの教科書はずいぶん安いテキストだな」

国語国文科では、一学年の必修単位に「上代文学」があるのだった。テキストは『古事記』原文だ。しかし、生協で買った指定教科書は二千三百円もした。

「安くありません。学術本だし原文だもの。あなた、原文で読んだの？」

「もちろん漢文だ。漢文はそれほど難しくない」

「天正に暮らした人間だったから？」

「違うな、日本人の言語にたいした変化はないからだ。だいたい、人間全体の言語の基本概念はたいして変わらん」

（そういう考えだから、いつまでたっても言葉づかいが古いのか……）

美綾は思ったが、口にしないでおいた。パピヨンは得意げに続けた。

「天正の人間のころも『古事記』は読まなかったぞ。下っぱの武士だったからな。一般人が『古事記』を読めるようになったのは最近のことだろう。しかし、いろいろとんでもない話が書かれているな。人間の発想傾向としては参考になる」

「とんでもない話なの？　神道では聖典だったはずだよ。今はどうか知らないけど。ここに書いてあることって、実態とは違っているの？」

モノクロはすましていた。

「わしはわしのことしか知らん。神々もいろいろだから、人間にこう思わせることをしたやつがいなかったとは言えない。だが、いないのに勝手に創作されたかもしれない」

美綾は主張した。

「神様が、聖典を否定しちゃいけないと思うな。今でも神社で拝まれているんだから。イエス・キリストが、聖書に書かれたことはとんでもないって言うようなものじゃない」

黒く輝く目で見上げて、モノクロがたずねた。

「おぬし、キリスト教のほうがよくわかるのか」

「S女学院はミッション系で、チャペルがあったもん。でも、学校行事にクリスマスや復活祭が入っているだけで、ミサへの強制はなかったし、私は入信しなかった。それでも、教会の結婚式はかっこいいと思うよ」

「ゆるいぞ、おぬし」

美綾は語尾を強めて言った。

「ふつうだよ。大多数の日本人は、初詣に神社にお参りして、合格祈願などにも行くけど、結婚式は教会でもお寺でもするし、死んだらお経を上げるの。仏教をよく知らなくても、死んだらお寺の墓地に入るの」

モノクロはふいに話を変えた。

「そうだ、『雨月物語』も読んだ。だいぶ幽霊話の参考になった。前よりはおぬしが幽霊をどう考えているのかわかってきたようだ。霊体の理不尽な行動が怖いということだな。だが、収録の『菊花の約《ちぎり》』のように愛情からの幽霊もいる」

「そう、それ」

思わず美綾は指さした。

「どうしてかわからないから怖くなる。悪人が祟《たた》られるのは、少しわかるけど、それでも、お岩さんにはぞっとする。死んだ後に復讐されるのってやっぱり怖い。あってはならないことだから」

「混ざっているぞ、お岩さんは『四谷《よつや》怪談』だろう。それも読んだ」

言ってから、モノクロは少し考えた。

「あってはならないから怖いのではないだろう。あってほしいから作られた話だ。おぬしたち人間が、考えるのを避けたいほど怖いのは、他人の身勝手でどんなに悲惨な死に方をしようと、それっきりで生命が終わる事実だ。報われないと考えるのは、当人でなく生き残った者の思念だな。だから、幽霊が報復することになる」

美綾は逆転の発想を聞かされて驚いたが、すぐに承服できたわけではなかった。

「そう言われても、怖いものは怖いよ。お岩さんの幽霊が何度も何度も、まさかという場所から現れたりしたら」

「次第に、報復される伊右衛門《いえもん》に同感するのだな。人間はだれだろうと、紙一重で伊右衛門になれるからだ」

美綾はふくれた。

「そんな人間でも、なりたいと思っているくせに」

「だから、人間のことをよく学んでおくのだ」

モノクロは言い、ようやく器に寄ってドッグフードを食べはじめた。

美綾も自分の夕食づくりに取りかかった。ベーコンの買い置きがあったので、スパゲッティ・カルボナーラを作ることにする。パスタを茹《ゆ》でる湯をわかしながら、八百万の神の突き放した見解は、どことなく、目の障害や脳の障害でいないものを見る人がいると語った、澤谷の言葉を思わせると考えた。

（モノクロと澤谷くんって、話すことができたら案外気が合ったりして……）

渡会家のカルボナーラは、ソースの溶き卵にクリームや牛乳を加えず、粉チーズをたっぷり混ぜて作る。それが本場の作り方だと、利香子が主張するせいだ。本当かどうか知らないし、美綾は店で食べるクリームソース風もおいしいと思うのだが。けれども、生クリームの買い置きなどないし、レトルトのカルボナーラソースは嫌いだった。結局、食べ慣れた母の作り方に従っている。

刻んだベーコンとタマネギを炒《いた》めたフライパンに、茹でたパスタを混ぜて少し炒めたら、器に移して余熱でソースをからめる。熱いフライパン上でソースを混ぜないのが、卵をむらに固めないこつだ。最近は美綾も、仕上げに挽《ひ》いた黒胡椒《こしょう》をかけるのが好きになった。これでこそ炭焼き人《カルボナーラ》なのだ。両親はいつもそうしたが、小学生の拓也はまだいやがる。

ルッコラとトマトをサラダにして、カップヨーグルトをデザートに並べた。小型犬に目をやると、食べ終えてまたノートに見入っている。八百万の神はまだそこにいると見て、椅子に腰かけたまま問いかけた。

「ねえ、モノクロ。私が他の人にあなたの正体を話したら、いやだと思う?」

パピヨンはふり向かずに答えた。

「推奨はできん。複数の人間が知ると、たいていはめんどうなことが起きる。わしは、人間になるまでよけいなエネルギーを消費したくない」

「でも、私よりうまの合う飼い主が見つかるかもしれないよ」

「どういう飼い主を想定しているのだ、おぬしは」

美綾は、フォークでトマトをつつきながら言った。

「……幽霊がちゃんと見えるとか。幽霊に憑かれているとか」

「わしの最終目的は、幽霊ではないぞ」

少しためらってから、美綾は切り出した。

「前に、澤谷くんには興味があると言ってたじゃない。澤谷くんと会ってみるのはどうかな。香住くんの幽霊が憑いているかいないか、会ったらわかるかもしれないし」

モノクロは初めて鼻を上げてこちらを見やった。

「おぬし、澤谷というおのこに、わしのことを話したいと思っているのだな」

ダイレクトに言われると、少したじろぐものがあった。

「そうだけど、でも、ただ話したのでは、澤谷くんも作り話としか考えないと思う。あなたが少し話をしてくれたら、信じるかもしれない。そうなれば向こうも、もっと本心を話してくれるかも」

桃色の舌で鼻先をなめ、モノクロは言った。

「いずれは話そう。わしが人間になったときにでも。たしかにそのおのこは興味深いが、今の時点で、おのこに聞かせる調整をする暇はない。会話相手はおぬしで間に合わせようと、もう決めたことなのだ。おぬしが、そのおのこと親密さを増すためにわしの話をしたければ、好きにするといい。だが、説得はおのれの力で成し遂げることだな」

「無理だよ」

「ならば、やめておけ」

あっさりけりをつけられた。美綾もあきらめ、ふくれっつらでパスタを食べた。

翌週の美綾は、レポートの提出が重なってじたばたした。

愛里たちのメールや電話もなかったので、テニスサークルのこともあまり考えなかった。レポート問題は、学科の先輩や同輩のいる日民研へ行くのが一番たよりになる。提出してからもあれこれあり、つぎに愛里から電話がかかってきたときは、二週間たっていたことに驚いた。

「美綾、今話していい。だれかといるところ？」

大学図書館へ行こうとしていた美綾は、歩きながら答えた。

「ううん、ひとりだよ。あれからどうしてた？」

「たいへんだったよう、いろいろ」

「私もたいへんだった。別々の講座で同じ締め切り日のレポートを出されるんだもん」

「その程度のことじゃないよ、こっちは」

憤慨した声を出してから、愛里は続けた。

「会ったら話すけど、まずはこれを言わなきゃ。あのね、澤谷くんが入院しちゃったの。交通事故だって。美綾は知ってた？」

ぎょっとして携帯を握りなおす。

「えっ、知らない。いつのこと」

「先週のいつか。本人から連絡がなかったので、だれもが数日知らなかったらしいの。仲のいい人たちは昨日、お見舞いに行ってきたって。私、行きそびれちゃった」

「ひどいけがなの？」

「左足は骨折。頭も打ったけれど、そちらは検査したら大丈夫だったみたい。お見舞いのときは、澤谷くん、わりに元気にしていたって」

「ぜんぜん知らなかった。そんなことになっていたなんて」

美綾が驚きをこめると、愛里の声が少し落ち着いた。

「じゃあ、言ってよかった。美綾はもう知っているかもしれないって、ちょっと思っていたから。この前は美綾、澤谷くんといっしょに帰っていったし」

「方向が同じだけでしょ。だからって、どうしてそう考えるの」

「だって、澤谷くんが事故に遭ったのってお家の近くなんだもん。入院したのもそちらのほうの病院だよ」

病院名を聞くと、たしかに市内の大学付属病院だった。美綾が乗り降りする駅からバスが出ているあたりだ。愛里はさらに言った。

「あと三、四日入院しているって聞いたから、私、やっぱりお見舞いに行こうと思うのね。美綾もいっしょに行こうよ、幼なじみなんでしょう」

「うん、行ったほうがいいね」

美綾もためらいはしなかった。連絡が欲しかったとまで思わないが、何も知らずに過ごしたのは少し悔しかった。けがを見舞うくらいには、すでに関わりを持っていたはずなのだ。

「舞や桜子は、もう知っている？　お見舞いに行くかな」

「ううん、あの子たちは呼ばなくていい」

愛里からは意外な返事がもどってきた。

「舞も、桜子も、ずっとテニスには来ていないから。もう、来ないのかも。もともとお試しだったんだから、とがめはしないけどね」

びっくりして美綾は言った。

「愛里だけサークルにかようことにしたの？　なんだかそのほうが意外な気がする」

愛里は、あまり彼女らしくない静かな声で言った。

「大学生になると、いろいろと、高等部と同じじゃいられなくなるものだね。私たちも、そういうものかもしれない」

電話を切った美綾は、幼なじみとして有吉智佳にも知らせなくてはと考えた。その日は、文学部キャンパスで教職講座のある日だった。会えなかったときにメールか電話しようと思い、講義まで待つことにした。

智佳が教室に現れた。柔らかなワンピース姿で背筋をのばして歩き、ウェーブのある髪が映えていた。入学時に比べてラフな装いの学生が多くなる中、エレガントで通すらしい。美綾はとっくにパンツ姿だというのに。

彼女が隣の席についたので、美綾はあいさつもそこそこに、澤谷光秋の入院を聞かされたことを語った。

「ちーちゃんは、もう知っていた？」

「ううん、今聞いた」

智佳は表情を硬くしたまま、話に聞き入った。そして、話し終わっても感想を言わなかった。視線をよそにやり、考えこむ様子をしている。美綾のほうからもう一度切り出した。

「T大学付属病院って、うちの駅からバスが出ているでしょう。私、そばに住んでいることだし、明日、テニスサークルに入った友だちとお見舞いに行くことにしたよ。よかったらいっしょに行かない？」

「明日の何時？」

駅の待ち合わせ時間を言うと、智佳はためらった。

「行く気はあるけれど、明日はちょっと無理かもしれない。行けたら行く。私が来なくても待たなくていいから、友だちと先に行ってね」

美綾は、智佳のよそよそしさを感じた。このところずっと感じていたことだ。

「演劇、忙しそうだね」

「まあ、いろいろあってね……」

教授が入って来たので、話はそこで打ち切りになった。だが、授業が終わって席を立ってから、智佳は急に思いつめた声で言った。

「やっぱり、みゃあには言っておかなくちゃ。さっき、言えなかったことがあるの。少しだけどこかに座れるかな。立ち話では言いたくないことだから」

最終の授業だったので、教室には居残れず、二人は文学部のラウンジへ行くことにした。智佳は席を選ぶにも注意を払い、周りを何度も見回していた。美綾も少々不安になり、何の話か察しがつくような気がした。

「もしかして、話って香住くんのこと？　あれから何かわかったの」

智佳は大きく息をついた。

「中学の後輩には、あれ以上話を聞いていない。よくないことだってわかったから」

美綾も同意した。

「うん、私もね、このままでいいって気がしてきたんだ」

「このままじゃよくないよ」

ふいに鋭く言われ、美綾は目をぱちくりさせた。智佳はもう一度ため息をつき、聞き分けのない者を見やるように美綾に目を向けた。

「わざわざ香住くんの幽霊が見えた話をして、みゃあに協力をたのんだのは、何のためだったと思うの。放っておけばそれですむことで、他人にまでたのむと思う？」

「……何のためだったの」

美綾はたずねた。本気でわからないと思っていた。智佳の一時的なノリやおもしろがらせだったとしても、しかたない気さえしていたのだ。まじめな理由は思いつかない。

それをさとったのか、智佳は少し考え、さとす口ぶりになった。

「たとえばね、守護霊ってことを言う人がいるじゃない。その人に憑いて災いから守ってくれるありがたい霊。そういうたぐいなら、このまま放っておいてぜんぜんかまわないと思うよ、霊がそこにいようといまいと。でも、事故で死んだ同級生の幽霊が、そういう霊だというのは少し疑問に思うでしょう。よっぽど澤谷くんと深い関わりがあって、澤谷くんを守りたいと思う事情があれば別だけど」

「そうだよね」

美綾がうなずいたので、智佳は続けた。

「だから、私はそこを知りたかったの。知って安心したかった。だけど、後輩に聞いているうちに、そうじゃないって確信できるようになった。そして、私が聞いてまわることも危ないって」

「危ない？　どうして」

「霊障って、知ってる？」

智佳は声をひそめた。

「霊的障害のこと。憑いた霊が原因となって、人にいろいろな災いや病気が起こること。他人の目に映るほど強い霊なら、何の作用もないほうがおかしいもの。私もこの道の専門家じゃないから、そんなに詳しく知らないけど、事故死した霊の霊障によって同じタイプの事故に遭いやすいのは、たぶん定番だよ」

美綾は血が引く思いがした。

「じゃあ、澤谷くんの交通事故って、香住くんの幽霊のせい？」

「断言したくないんだけどね」

一瞬茫然《ぼうぜん》とした美綾だが、考えをめぐらす余裕はあった。

「でも、おかしいよ。どうして今になっての事故なの。死んでから三年間、何も起きなかったというのに」

「何もなくはなかったのかもよ、澤谷くんにとっては」

「ううん、澤谷くんって、幽霊の存在を信じていない。そういうたちじゃないし、怖いとしたら人間の悪意のほうだって、このあいだ自分ではっきり言っていた。見たり気づいたりしたことがあったら、ああは言えないよ」

「そう……」

智佳は眉をひそめ、少し口をつぐんでから言った。

「何もなかったのに、私が香住くんの幽霊を見てから霊障が起こったのだったら、私としてはそのほうがつらいよ。私のせいになっちゃう」

美綾にはおかしな発言に聞こえた。

「どうして、ただ見ただけで」

「刺激したかもしれない」

沈んだ声で智佳は言った。

「私が気づいたせいで、目覚めたところがあるのかも。その上、私って事故のことを図書館で調べたり聞いてまわったりしたでしょう。幽霊に事故を思い出させることにつながって、恨む気持ちをよみがえらせたかも。途中で気づいて遠ざかろうとしたけど、結局、間に合わなかったのね。澤谷くんの交通事故を聞いて、私にはそう思えた」

「ちーちゃんのせいのはずないよ。考えすぎだよ」

美綾はせきこんで言ったが、智佳の表情は明るくならなかった。

「だからね……お見舞いに行くのは、ちょっと迷う。澤谷くんにどう声をかけていいかわからない気がする。行かないほうが、お互いのためかも」


家にもどると、美綾はさっそくモノクロにこの事件を伝えた。

「びっくりしちゃった。でも、一番びっくりしたのは有吉さんの反応かも」

モノクロはひととおり話を聞き、白黒の毛にブラシをかけてもらいながら言った。

「なんだ。幽霊というのは、おぬしたちの尊敬を集めているのかと思ったら、有害ではないか。なりたくないものだな」

「そんなの、私がはじめから言ってるじゃない。幽霊になるほど思いつめるのはいやだなって。人の言うこと聞いてないの?」

美綾は言い返してから、ため息をついた。

「でも、香住くんは恨んでいるのかもしれないって、やっぱり思えてきて、これもいやだなあ。私もお見舞いに行って、澤谷くんになんて言っていいかわからなくなってきた」

「いやなら行かなければいい」

「行くよ。愛里にもう約束したもん」

毛を梳《す》いてもらうモノクロは、気持ちよさげに目をつぶった。

「人間はじつに、有害なものの名づけが好きだな。物理的な原因が見つからなければ、それを呪いや霊障などと呼んで分類するのだろう。神のせいだと決めつけるときは〝祟り〟になる。だいぶ覚えてきたぞ」

二

翌日、美綾が駅で待っていると、愛里も遅れずにやってきた。

智佳はやはり現れなかったが、二人ともそれほど気にしなかった。見舞いの品をいっしょに買おうと打ち合わせていたので、まずはその話になる。

バラのきれいな季節であり、駅前の花屋が目を引いたが、病室によっては花は困ると聞くし、水替えが大変だろうとやめにした。駅ビル内の洋菓子店舗を少し回り、ムースのカップを選ぶ。

そのままバス停へ向かったところ、バスターミナルに智佳が立っていたので驚いてしまった。

「少し遅れたけど、来てみたの。ここで会えてよかった」

智佳は、笑みを浮かべて愛想よく言った。急いで来たにしては、しっかり花束を手にしている。花びらがわずかに開いた、みずみずしい黄バラだった。この日の智佳は淡い黄色のショールを巻いているので、花束を持つ姿が絵のようだ。

(行くのを迷うと言ったわりには、気合が入って見えるな……)

美綾は密かに思ったが、ためらいがあるからこその気合なのかもしれなかった。意外さは隠して、ほがらかに応じた。

「本当、先に行ってしまわなくてよかった。こちら、高等部までいっしょだった村松愛里さんだよ、澤谷くんのサークルに入った人」

愛里もすぐに言った。

「有吉さんのこと、美綾から聞いてます。小学校では美綾、みゃあって呼ばれてたんですって?」

「そうそう。ひらがなで〝みあや〟と書いてあったのに、みゃあと読んだ子がいたのね。それからずっと」

「かわいいよね、みゃあって呼び名。私もそう呼ぼうかな」

「私、大学でもそう呼んでる」

「有吉さんだって、呼び名はちーちゃんだよ」

和気あいあいとバスに乗った。見舞いだということを忘れ、何かのイベントに向かう心持ちになっていた。もっとも、病院を目にしたら浮かれ気分は消え失せたが。

改築して年数のたたないビルらしく、中央に吹き抜けのあるフロアはデザインも現代的で、初めて来た者を気後れさせた。壁の少ない広大な空間に、さまざまな受付やサービスのコーナーが散らばっている。それでも、病院特有の気の重くなる空気は消せなかった。外来者や患者の大半が高齢者なのも意識させられる。当然すぎることながら、学校とは大違いだった。

大病院へ出向くことも、入院患者を見舞うことも慣れていない三人は、入院病棟へ行き着くにもまごまごした。案内を聞いたのに行き過ぎたりしながら、やっと正しいエレベーターを探し当てる。

智佳は、建物に入ってからひどく硬い表情になっていた。その理由に、美綾は急に気がついた。

「忘れてた。ちーちゃん、病院みたいな場所は苦手だったのでは」

「ううん、平気」

少し笑って智佳は言った。

「前もって覚悟しておけば、わりにふつう。気持ちよくはないけどね」

幽霊を見るとは知らない愛里も、自分の解釈でうなずいた。

「病院へ来て気持ちがいい人なんて、いないと思うよ。どんなに照明が明るくても、何かが暗いよねえ。澤谷くん、お気の毒」

病室のある階のナースステーションでもう一度場所をたずね、ついに澤谷の居場所を見つけた。四人部屋の窓側だった。

「あれっ、来てくれたんだ。悪いな、遠かったのに」

澤谷はベッドの背を起こしており、顔色は悪くなさそうだった。そのかたわらに女性が腰かけている。母親だということはひと目でわかった。ほおのあたりが彼の昔の顔に似ている。

立ち上がった母親が、ていねいにあいさつしたので、見舞いの品は母親に手わたした。もの静かに話す、控えめな人だった。美綾は、中学のころ親とうまくいかなかったというのは、この人とではないだろうと考えた。衝突したのはたぶん父親だ。

社交上の言葉を言い終えてしまうと、あとは気づまりになってしまった。にぎやかにしゃべり続けては、他の患者の迷惑になってしまう。だが、すぐに澤谷が言った。

「談話室へ行こう。ここでは座ってもらうこともできないから」

「でも……」

澤谷は頭に包帯がわりのネットを被《かぶ》っているし、左足に大きなギプスをつけている。ベッドから出られるように見えなかった。

「車椅子で行くから問題ないよ。痛みもひいているし、そのくらい何でもない」

談話室は、カフェ・ラウンジのようにテーブルと椅子があり、他にも見舞客と語らう病衣姿の人が何人もいた。澤谷の車椅子は母親が押したが、椅子をテーブルに寄せると自分は病室へ引き返していった。

母がいなくなると、澤谷は勢いよく話し始めた。やはり、親の前ではきまり悪かったのだろう。

「交通事故にしては、ひどくないんだよ。左のすねを折ったけど、これだけなら入院しなくてもすむはずなんだ。経過を見ると言われたのは頭のほうで、脳震盪《のうしんとう》の後遺症があったから。でも、ＣＴを撮っても頭蓋骨骨折や内出血はないってさ」

「事故はどんななりゆきだったの」

「後ろから来たバイクに引っかけられた。おれのチャリンコ、愛車だったのに、修理不能になったらしい。壊れ具合を見た家族は、よくこの程度のけがで助かったと言っている」

愛里が口もとに手を当てた。

「なんて怖い。相手はどんな人だったの」

澤谷は首をふった。

「覚えていないんだ。事故がどんなふうに起きたかも、起きた場所も、救急車で運ばれたことも、おれ自身は何一つ思い出せないんだよ。脳震盪のせいだって医者に言われた。

頭を打つとよくあるらしい」

「バイクの人も、けがした？」

「向こうはぴんぴんしてるよ」

「それじゃ、バイクの人に、自分にいいように説明されちゃうんじゃ」

「目撃者はいたようだから、警察にまかせるよ。向こうも悪かったのは認めているらしいし」

「それでも、とんだ災難だったね」

「まあね。またテニスができるようになるまで、しばらくかかっちまうな」

愛里ばかりが応じていたので、美綾も言った。

「思ったより元気そうでよかった。事故に遭うってどんなにショックか、私もよく知らないから、どうしたかと思っていたけど」

澤谷は笑みを浮かべた。

「思い出せないから、実感がないんだよ。めまいがひどかったし、足も痛んだけど、自分のせいみたいに思える。事故を思い出したら、急に腹が立ってくるのかもな」

「思い出したい？」

「どっちでもいい。しばらくしてふいに思い出す人もいるし、そのままずっと思い出さない人もいるってさ」

澤谷の態度は、事故前と変わりないと言えた。女子の前で弱音を吐くまいと思っているのかもしれないが、落ちこんだ様子はなく、気軽に流れるように話した。車椅子に座った相手にもてなされているようで、見舞客としてはふがいない。

智佳はこの日言葉少なで、一番口を開かないのは彼女だった。最初に三人で会ったカフェを思えば、別人のようにおとなしい。

（今も、自分のせいで澤谷くんが事故に遭ったと考えているのかな……）

美綾は内心気になった。その拍子に智佳が智佳の無口に気づいて、何かあったのかと問いただしそうに思えたのだ。澤谷が智佳が幽霊のことを言い出したら、かなりまずいことになる。病院でする話ではないのだ。

だが、澤谷は結局聞かなかった。智佳の様子を気にとめないのか、最後まで三人に同じように接した。

「来てくれて感謝。動けないとやっぱり退屈だし、今できないことばかり思いつくよ。退院してもすぐには大学へ行けないだろうし、まだまだ退屈してるから、暇だったら相手をしてよ。連絡する」

別れぎわのこの言葉も、個人でなく全員に向けられていた。澤谷の性格なら、見舞客すべてに言っている節もあった。

病院を後にすると、急に気分が軽くなった。澤谷が終始明るかったので、見舞いをしてよかったと思えたこともある。バスで駅までもどると、智佳は別れて帰っていったが、美綾と愛里はせっかくなので、近くの店でお茶を飲むことにした。

アイス抹茶ラテを買って席についてから、愛里がおもむろに言った。

「有吉さんって、ふんいきのある人だね」

美綾は笑った。

「ふんいきって、どういう」

「それをはっきり言えたら、ふんいきとは言わないよ。他の人とは違うって感じ」

「美人って意味？」

「美人って言葉じゃ表せない。〝運命の女〟ってああいう感じじゃないかって、ちょっと思った。〝ファム・ファタール〟だよ」

美術の知識なら少々もっている美綾なので、聞いてみる。

「バーン＝ジョーンズの絵に出てくるような女？」

「それはよく知らない。サロメとかカルメンとかだよ。ただの美人じゃなく破滅的というか。これ、貶《けな》す意味じゃないからね、ふんいきがそうだってこと」

（サロメとかカルメン……）

美綾は考えこんだ。

「……悪女？」

「貶す意味じゃないって言ったでしょう、悪くとらないでよ。運命の女って、運命的に男の人を破滅させただけで、本人に悪意はないんだから」

智佳が、幽霊を見ると主張することを思わずにいられなかった。愛里は無意識に、その特異さを感じ取っているのかもしれない。だが、詳しく語るわけにもいかないので、美綾は話をそらした。

「有吉さん、ふだんはもっとさばさばした人だよ。今日は調子が出なかったみたい。でも、澤谷くんはけがしたわりに調子がよかったね。前と変わらなくて安心した」

「そうだねえ」

抹茶ラテをすすり、ひと息入れてから愛里は言った。

「困ったことは一つも言わなかったね、澤谷くん。言いふらすものじゃないと思ってるのかもしれないけど」

美綾はストローを離した。

「何かあったの」

「電話したとき、いろいろたいへんで、会ったら話すって言ったでしょう。この前からサークル内であれこれあったの」

少しためらってから、愛里は続けた。

「澤谷くんもね、最近まったくついてないって言っていて。サークルの人たち、一度にずいぶん辞めちゃうし。あまりに減ってしまったから、私がやめづらくなっちゃったくらい。舞もやめたほうのひとりだった。桜子はもともと続かなそうだったけど」

美綾は思ってもみず、息を吸いこんだ。

「どうして教えてくれなかったの。舞、理由があって辞めたの？」

「いやがらせを受けたって言っている。本当なのか思いこみなのか、詳しくはわからなかったけど。舞ね、いっとき本気で澤谷くんの彼女になる気でいたみたいだよ。彼女にしてくれって直接言ったんだって。澤谷くん、ことわりはしなかったけど、はっきりした返事もくれないって、そこまでは聞いていたの」

舞なら行動に移すだろうと、美綾も考えた。

「アピールしようかなって、言ってたものね。舞は、言ったことは実行するからなあ。この前、私たちが映画を観に行ったとき、もうそういうことになっていたの？」

「うん。でも、あのときは事情があいまいだったから、美綾に言うのはやめておいた。今思うと、結局舞はことわられたんだと思うな。それで、サークルにも興味が失せちゃったみたい。

それでも、舞が来なくなったころから、サークルの人たちが不仲になったのは確かだよ。ものがなくなって険悪になったり、連絡ミスがあったり、何かうまくいかなくて」

愛里は眉をひそめて続けた。

「それとは別に、澤谷くんって二度くらい事故に遭いそうになっているの。テニスのポールが、何もしないのに倒れてきてぶつかりそうになったし、もう一つは、駅のホームから転落したんだって。すぐに電車が来たら危なかったって。手を貸してくれる人がいて、その前に這《は》い上《あ》がれたけれど、打ち身をつくったって言っていた。だれかに押されたんだって」

「ほんと？」

「その上で、今回の交通事故でしょう。聞いたとき、とうとうって思っちゃった。ついてないってレベルを超えていると思わない？」

愛里の言葉に、美綾も思わずうなずいた。それから、あわてて言った。

「たしかに気味悪いけど、ぜんぶが今度の事故に関連があるとは思えないよね」

「そうかなあ。もし関連がないとしたら、澤谷くんはものすごく運が悪いってことになるよね」

「じゃあ、関連があるとしたら？」

「だれかが呪っているとか」

愛里が声をひそめて言ったので、美綾は目をまるくした。

「それ、本気で言ってるの」

「だって、澤谷くんはちゃんと大学に合格しているし、運が悪いなんて言えないもの。そんなだめな男子とは思いたくないから、だれかの呪いくらいしか考えられないじゃない」

あきれて美綾は言った。

「運が悪い人よりも、他人に呪われる人のほうがだめなんじゃない？　人格的に」

「そんなことないよ、優秀な人へのジェラシーだってあり得る。できすぎる人への呪い」

「澤谷くんって、できすぎだと思う？」

「ううん、思わない」

愛里は答え、二人はいっしょに吹き出した。

「かっこつけているけれど、ぼろも出るよね。お母さんの前で恥ずかしがってるところとか」

（……有吉さんとも、こんなふうに話せたらよかったのに）

笑いながら美綾は考えた。智佳を、もっと強くお茶に誘えばよかったと思う。愛里の話を聞いたことで、不安や疑念が増したのは事実だが、愛里となら笑って話せるし、半分冗談ごとにもできるのだ。智佳とは気が抜けなかった。

（しかたないか。愛里とは六年間もいっしょで、気心知れているんだから）

ふと他の友人を思いやって、愛里にたずねた。

「舞には、私からメールを出しておいたほうがいいかな。うちの大学のことだし。いやがらせに何があったのって、聞いてみようか」

愛里はかぶりをふった。

「ううん、きっと舞は美綾に知られたくないと思う。澤谷くんが美綾の幼なじみなのは、最初からわかっていたんだし」

「でも」

「アウトだったらさっさと手を引いて、すぐ忘れちゃうのも舞だよ。あの子なら、またどこかの男子にすばやく目をつけるに決まってるんだから。このまま、なかったことにしていいんだよ」

愛里と別れて家に帰ってから、携帯に智佳のメールが来ていたことに気がついた。送信時間を見ると、帰りの電車ですでに打っていたようだ。

メールを開いて読み進めるうちに、美綾は胸がざわざわしてきた。

「先に帰ってしまってごめんね。どうしても気が滅入《めい》って、ふつうに話ができそうになかったの。

香住くんの幽霊を見たってわけじゃないよ。今日はよく気をつけていたから、そちらを見るとき意識していれば、見ないですむの。

でも、その代わり、澤谷くんのまわりにもっとよくない黒いものがいた。気分が悪くなってくる、いやな感じのものだった。

香住くんが呼び寄せたと言いたくないけど、そうとしか思えない。

私、こうなったら専門家に相談しようと思っている。そして、自分でもお祓《はら》いの方法を学んでみる。

このままだと、澤谷くんにもっと悪いことが起きるし、周りの人も巻きこむかもしれない。みゃあも不用意に近づかないようにして。本当に危険だから。

こうなったのも私に責任があるから、私が何とかするね」

あわてて返信に取りかかった。

「どうして、ちーちゃんに責任があるの。そう思いこむのはよくないって。ちーちゃんこそ、ひとりで抱えて危険なことはしないで。何かする前に相談してね。お祓いはよくわからないけど、私にできることがあったら言って」

送信して、ため息が漏れた。智佳の言うことは本当に人を動揺させる。愛里の話を聞かないのにこれを送ってきたことも、美綾をうろたえさせた。両方を重ね合わせることのできる自分が一番、ことの重さを知るはめになったのではないだろうか。

（黒いものってなんだろう。悪霊……？）

（香住くんの幽霊とは別のもの？　香住くんが呼んだってどういうこと……）

きっと智佳にとっては、なりゆきもおかしくないことなのだろう。けれども、美綾には未知のことばかりで、何がどうなるという関係性もはっきりしない。だが、わからないなりに禍々《まがまが》しい、不吉な感じがしてくる。

モノクロに声をかけてみた。

「ねえ、悪霊って知ってる？」

小型犬はすぐに答えなかった。散歩の前なので、八百万の神はよそ見だろうとあきらめたところ、少ししてから急に答えた。

「人間に有害で強力な霊のことだろう。悪霊も〝祟る〟らしいな。たいてい霊を有害と見なすくせに、わざわざ悪と冠する理由がわからんが」

「じゃあ、お祓いをどうやるか知ってる？」

「どうしてわしが、そんなことを知らねばならないのだ」

「神様だから」

黒い耳を広げたパピヨンが、軽蔑するようにこちらを見た。

「わしは何も払わないぞ」

「そうじゃなくて。お祓いは神社でするものだよ。神主さんが榊《さかき》を振って、こう、お清めをしてもらう。これは、神の権威を借りて祓うんだから、神様ならばやり方がわかるはずでしょう」

たまには役に立ってほしいと思い、美綾は言い続けた。

「本当はその気になれば、幽霊も悪霊も見えるんじゃないの。そして、消そうと思えば消すこともできるんじゃないの。神様なんだから、悪霊退散だって。あれ……悪霊退散は、神主さんじゃなくお坊さんだっけ？　それとも巫女さんが？」

だんだん自信がなくなってきた。

「お祓いってお寺でするんだっけ。いや、なんか違う。陰陽師《おんみょうじ》？　でも、現代に陰陽師はいないし。修験者だっけ、いや、修験者だって現代にいたっけ？」

「おぬし、そうとう宗教を知らないな。ギャグかと思うぞ」

「しょうがないじゃない、無宗教なんだから。でも、有吉さんが専門家にお祓いを学ぶってメールに書いてきたんだもの。このままだと澤谷くんにもっと悪いことが起きるって」

美綾は今日あったことを話した。もしも智佳の言うお祓いで災いを防げるものなら、防ぎたいことも匂わせた。

「つまりはおぬし、有吉智佳の主張をそのまま信じるのだな」

少しためらったが、無視することができないくらいには、心に食い入ると思った。

「前は、口先だけかもしれないと思っていたよ。作り話で他人を驚かせているのかもと。でも、愛里から聞いたことを思うと、だんだん情況証拠がそろってきたし。私も香住くんの幽霊を忘れようとしたところだったから、なおさら……香住くんが怒っていてもおかしくない気がして」

「ふむ、お祓いをどう考えているかは、だいたい見当がついた」

八百万の神は、切り上げるように言った。

「わしは、しばらく調整と検索をする。おぬしは散歩につれて行くといい」

次の瞬間、モノクロは目に見えて無邪気になった。白い尻尾をふって飛び跳ね、かまってくれとアピールする。散歩に行きたいのだ。

「……はいはい」

美綾はがっかりしながらハーネスをつけてやり、玄関を出た。

その夜はそれっきりに見えたのだが、夕食後のブラッシングが終わったあたりで、八百万の神が急にもどってきた。

「とにかく、香住の幽霊とやらをこの目で見ないことには解釈できん。可能な仮説なら何通りかあるが、実測もしないで一つに絞るのは無理だ。澤谷というおのこの状態もよくわからないから、決め手に欠ける」

美綾は白黒のパピヨンを見つめた。

「じゃあ……澤谷くんにあなたのことを話してもいいってこと？」

「そうは言っていない。おのこと会話するための調整はしないぞ。ただ、おぬしがその者をわしに会わせるなら、見立てをしてやろうと言っているだけだ」

「えらそうに」

「当然だ。祓う方法をたずねたのは、おぬしのほうだ」

美綾ははっとして、あわてててたずねた。

「やっぱりわかるの、お祓いする方法」

「いや。それがどういう行為を指すかを知るための実測だ」

気のない態度でモノクロは言った。寝そべったままだ。

「そのおのこの家は、この近くにあるんだろう。おぬしが出向けばいいのでは」

「そりゃ、三、四日したら退院するって言ってたし、澤谷くん、どこへも行けないから家にいるとは思うけど……」

美綾は思わず口ごもった。

「家まで押しかけてもいいのかな。その……なんて思われるかな」

「おのこと親しくなりたいのではなかったか、おぬし」

「そんなこと言わないよ。あなたが言ったんでしょう、それ」

むきになって否定したが、モノクロは取りあわなかった。

「もともと、わしは放っておくことを推奨しているのだ。いやなら別にかまわない」

三

夏休みの予定を告げなかったので、母から催促のメールが来た。

美綾がそれでも返事をためらっていると、母にたきつけられたのか、拓也もメールを寄こした。さらに、めったに書かない父からもメールが届いていた。

拓也はロンドンに着いたばかりのころ、日本が恋しいのか、不満を書いた短文のメールをひんぱんに寄こしていた。けれども、プライマリー・スクールへ行くようになってからはほとんど来ない。美綾も、日本にもどりたい気持ちをかきたててはいけないと思い、返信以外は出していなかった。

今回のメールには、学校で一番つきあう生徒のことが書いてあった。言葉の壁は大きいようだが、美綾と違ってバイリンガルに意欲を燃やしているし、小学生は言葉の覚えが早いから、すぐになじんでいくだろう。姉から見ても利発で、母親の期待に十分応える子なのだ。そのぶん生意気だが、長所と短所は表裏一体だ。

（どうして私、英語が得意になれないんだろうな……）

父も母も英会話に不自由しない。父など、英語が流暢《りゅうちょう》だから今回の転属の抜擢《ばってき》があったくらいだ。その家に育ったのに、美綾は得意にならなかった。

（英文学だって翻訳ものは好きなのに、どうしてか英単語の覚えが悪い）

受験勉強を始めて気がついたことだった。まあまあの成績は取れるが、根っから語学が得意な学生のようには伸びない。絵画の技量と同じだった。小さいころから絵を習い、小学校で褒められる絵が描けても、もう一段上の境地へは行けなかったのだ。

挫折ばかり味わっている気がする。イギリスへ行っても、さらにそれを突きつけられるだけと思えてならない。逡巡《しゅんじゅん》しているのはそのせいだった。

父のメールを開いてみると、母とは異なることが書かれていた。日本の大学生活が充実しているのなら、無理にイギリスに来なくてもかまわない。美綾の判断にまかせる。国語教員を目指す決意なら、それはそれで応援したいという。

芳隆《よしたか》は、子育て参与の父親とは言いがたかったが、そのぶん寛容さを見せたがった。美綾が進路変更したときも、最終的には味方になって利香子を説得してくれた。こういう点はありがたいのだが、仕事が混み合うと子どもは二の次になり、むらがあるのが玉に瑕《きず》だ。

メールにはさらにつづってある。

「……おばあちゃんも昔、国語の先生だったから、美綾にはその血が流れているのかもしれない。美大に進んだお父さんのほうが、あの家では異色だったんだよ。夏じゅう日本にいるなら、久しぶりにおばあちゃんの家へ行くといい。こちらで手紙を出しておくから」

（そういえば、おばあちゃん、若いとき先生をしていたんだ……）

前に父から聞いたのに、教育学部に受かっても忘れていた。宿題の指導が上手だったのは、だからだったのかと考える。孫にひたすら甘いということはなく、ときには母以上に厳格な面を見せる祖母だった。ここ数年は、お正月の集まりに顔を見るだけになっていたが、改めて話を聞きに行くのもいいかもしれない。

（さて、どうしよう）

夏休みの渡航は、まだ保留にしておきたかった。九割がた行けないと思っていても、モノクロの世話さえ解決するなら、やっぱり行きたい気持ちもあるからだ。それより先に片づけなくてはならないのは、澤谷の家へ行くか行かないかだった。迷っているうちに、あっという間に三、四日は過ぎてしまった。

どうにも心が決まらないので、松村愛里に相談することにする。モノクロに聞かれたくなかったので、二階の自分の部屋で電話をかけた。

「ねえ、澤谷くんの家へお見舞いに行くのって、どう思う。本人、退屈だと言ってはいたけど、やりすぎだと思う？」

「何言ってるの」

ためらいがちに切り出した美綾に、愛里は勢いよく返した。

「とっくに行っているかと思ったよ。お家が近いんだから、さっさと行きなさいよ。私に電話している暇があったら」

「……いっしょに行ってくれない？」

「だから、何言ってるの」

愛里はあきれ声だった。

「美綾って、本当に初動がもたつくよね。舞とは正反対。あのねえ、澤谷くんは、これ以上何人もつれだって訪ねることなど望んでいないの。美綾が歩み寄ってくれるのを待っているんだよ」

「えっ、でも」

「でもじゃない。もう気づいていると思ったのに。私がわざわざ美綾を誘ってお見舞いへ行ったの、どうしてだと思うの。その前に舞がふられたのだって、どうしてだと思うの。澤谷くんが気にかけているのは、美綾だからじゃない。少しも知らなかったなんて言わせないよ」

しばらく言葉が出なかった。これを青天《せいてん》の霹靂《へきれき》と言えたら、かえって都合がよかったかもしれない。だが、愛里に言われて美綾もうなずけたのだ。しっかり自覚しなくても、たしかに何かがあった。だからこそ美綾は、とまどわなくていいところまでとまどいを感じたのだ。

それでも、そのまま受け取るのは抵抗があった。

「澤谷くん、私には何も言ってくれないよ。メールも電話ももらっていないし、愛里の思い過ごしかも」

「男子だって、みんながダイレクトとは限らないでしょうよ。勝算があるとわかるまで待つ人もいる。特に澤谷くんなんか、プライドありそうだし、黙っていても女子のほうから声がかかるタイプだし。だから、美綾が脈ありかどうか様子をうかがっているんだよ」

「私が家へ行くと、脈ありってことになるの？」

「違うの？」

美綾はためらった。

「……私、だから、行くのを迷うのかも。まだ、気持ちもはっきりしていないのに、澤谷くんにどう取られるかって」

「でも、会いに行きたいんでしょう」

行きたいのは事実だ。愛里の想定とは少し違うと思うが。それでも、澤谷の身を心配していることには変わりないのだ。

愛里は続けた。

「そもそも澤谷くん、もとは美綾をテニスに誘ったんだよ。最初から美綾なんだよ。そのことは、私たち三人もわかっていた。はたからは見え見えだよ。それでも美綾が否定するから、舞が名乗りをあげたんじゃない。今、やっと美綾も気づいたってことだよね。めでたしめでたし、彼女になっちゃえばいいんだよ」

困って美綾は言った。

「私がお見舞いに行きたい理由って、ちょっと別なんだけど。それなのに、澤谷くんを誤解させたら悪いかもしれない」

「つべこべ言わないで、とにかく行きなさい。少しくらいあいまいな気持ちでもいいじゃない。やだなあ、美綾って、こういうときに手がかかる。もやもやしていようと、告白でも聞いたらシャキッとするでしょうよ。健闘を祈る」

「えっ、本当にいっしょに行ってくれないの」

情けない声でたずねると、愛里は笑った。

「甘えないでくださーい。私、もう何度も取りもった気分なんだから。澤谷くんから美綾のことを聞かれるしさ。あとはお互いで解決してね」

電話は切れ、美綾は、どうしてこういうことになるのかと頭をかかえた。相談したせいで、よけいに澤谷の家へ行きづらくなってしまった。

（そうか、愛里としては、取りもっていたつもりだったのか……）

愛里の言動を思い返し、澤谷の言動を思い返した。澤谷と自然に親しくなったように思っていたが、その視点で見なおせば、異なるところがいろいろあった。美綾が他人の気持ちに鈍かったのだ。そして、もしかすると、自分自身の気持ちにも鈍いのかもしれなかった。

（私のこの気持ち、澤谷くんが好きだってこと？）

今まで、気になる男の子ができたことはあっても、だれかと本格的につきあった経験はなかった。だから、大学に入ったら彼氏をつくろうと決意したのだ。美綾が知らなかっただけで、つきあう相手は、こんなふうにさりげなく身近に出現するものだったのかもしれない。

（……澤谷くんは嫌いじゃない。それは、最初から思っていた。でも、あんまり女子にもてそうな人になっていたから、かえって自分の彼氏にとは思わなかった）

しかし、否定しながらも惹《ひ》かれていたことは、今となっては認める。美綾が体験できなかったことを知っている澤谷に惹かれる。小学校と大学が同じでも、美綾の見知らぬ道を歩んでいたことに。香住健二との関わりが不穏に見えることすら、その一部なのかもしれない。智佳の禍々しい言及が気になってしかたないことも、澤谷に関係があるという点では同じだった。

美綾は携帯電話を握ったまま、ベッドに座って考え続けた。そして、どうあろうとこのままにはできないと覚悟を決めた。

（もう一度澤谷くんに会えば、少なくとも、何か一つはわかるだろう。それが、自分の気持ちでもいい、澤谷くんの気持ちでもいい、澤谷くんの周りに本当に黒い霊がいるかどうかでもいい。今は、確かめたいという気持ちに素直になろう……）

澤谷は、見舞のあともSNSに他愛ない話題を提供しており、美綾も仲間に参加していた。だが、美綾からメールや電話をしたことはなく、電話をかけるのはこれが初めてだった。

澤谷はすぐに電話に出た。様子を聞くと、特に悪いことは起きていないようだ。まだ大学へは行けないが、松葉杖《まつばづえ》をついて歩くこともできると語り、治り具合は順調だった。

「読みたい本とか、観たいビデオがあったら持っていこうか。私、犬の散歩のついでに寄ることもできるよ」

「えっ、いいの。来てよ、助かる」

明るい声で澤谷は答えた。

電話を切って、これで決定と考える。智佳は不用意に近づくなと警告していたが、モノクロをつれて行くのだから、不用意にはならないはずだった。

（もしかしたら、このために私はモノクロに出会って、話せるようになったのかも……）

悪霊が澤谷に災いをもたらそうと、美綾など、できることは何もなかったはずだった。なのに、今は神様と話すという特殊環境にいる。それならば、この特権を活《い》かさない手はないと思った。

事故現場を見に行ったとき、ひとりで話していると他人の目が気になった美綾だが、よい方法を思いついた。携帯電話を耳に当てながら話せばいいのだ。犬を見つめてしゃべっていようと、これならだれも怪しまない。

道を歩きながら、リード先のモノクロに告げた。

「今日は届け物をするだけだから、そんなに長い時間会わないよ。気をそらさないで、澤谷くんのことをよく観察してね」

「善処したい」

モノクロは、政府答弁のように返事した。あいかわらず言葉の選択が変だ。

「澤谷くんの家、いつもの散歩に比べると距離があるけど、歩けるよね」

「行くのはかまわん。決めたことだからな。だが、帰りに足が疲れたら、抱いて運んでもらうぞ」

まあ、いいかと、美綾は考えた。

美綾の気分は、はりきっているようでもあり、不安が大きいようでもあった。こうして澤谷を訪ねることで、もう引き返せない何かが起こる気がしている。だが、それが吉とでるか凶とでるか、何とも言えないのだった。

この日は夕方になっても蒸したので、散歩もだるくなる気温だった。住宅の庭先には紫陽花《あじさい》があちこちに色づいている。澤谷家に向かう道なので、見かける花もいつもとは違っていた。ピンクがかった紫、青みがかった紫、ガクアジサイ、セイヨウアジサイ、白く花火が開いたような新品種。目をやると少し気持ちがよくなる。

ふいにモノクロが言った。

「おぬし、傘をもってきたか」

美綾は手さげを見た。折りたたみ傘は入っていなかった。

「うかつだな。雷が鳴ったぞ」

「鳴っていないよ。雲も明るいし」

「犬の耳には聞こえる。積乱雲がこちらに向かっている」

「積乱雲？　雷神がいるとか言わないの？」

「最近のおぬしたちの解釈では、雷とは自然の放電現象だろう。理解の角度が異なるが、それも誤りではない。わしは気にしない、話が通りやすいほうがいい」

傘を取りに帰る余地はなかった。もう、道のりの半分以上来てしまったのだ。何とかなると思ってそのまま前進する。すぐに降り出しそうではなく、うまくすると散歩の終わりまでもつかと思えた。

だが、澤谷の家まであとわずかというとき、大粒の雨が落ちてきた。美綾が手さげを抱えて走り出すと、モノクロも黙って走り出す。携帯で地図を確認する暇もないので、内心あせったが、澤谷家の表札はよく見分けられるように掲げてあった。坂道を上ったところに門のある、高台の家だった。敷地が広そうだ。

門柱にあるインターホンで名乗ったが、玄関まで少し距離があったので、ポーチに駆けこんでようやく雨を逃れた。髪をかきやると、ずぶ濡れとは言わなくてもけっこう濡れている。肩も濡れてしまい、初めての家を訪れるには情けない姿だった。モノクロの濡れ具合を見やると、犬はそのとたん身震いして雨水を周囲に弾《はじ》き飛《と》ばし、美綾の素足がさらに濡れた。

用意がととのわないうちに、ドアがかちりと開く。顔見知りとなった澤谷の母親が現れた。

「あらまあ、たいへん。早く中に入ってくださいな」

「すみません、犬もつれているし、ここでかまわないんです。図書館で借りた本をわたしたいので、ちょっとだけ澤谷くんに確認してもらえたら」

あせって早口に言っているうちに、母親の後ろに松葉杖の澤谷がやってきた。おかしそうに言う。

「窓から見えたよ、傘がないんだろう。この雨が通り過ぎるまで、うちで待つほうが賢明だよ」

「でも……」

美綾が犬を見やるのを知って、澤谷はすぐに言った。

「犬もつれて入りなよ。室内犬だ。外に残すのはかわいそうだ」

美綾は母親の顔色をうかがった。ほほえんでいたが、何も言わなかった。息子の言葉に反対する気はないものの、大歓迎ではないと解釈できる。けれども、こちらには好都合なので、肩身が狭いながらもモノクロを抱いておじゃますることにした。

美綾は広い一室に通され、母親にタオルとバスタオルをわたされた。何度も礼を言いながらモノクロをバスタオルでくるみ、自分の髪と肩をタオルでぬぐう。それから、革張りのソファーに恐る恐る腰をおろした。

厳《いか》めしい家具とインテリアだった。黒い革張りの椅子も、磨いた木の家具の色つやも、クラシックにひだの多い緑地のカーテンも、威圧感があるほどだ。壁は腰板のある布張りで、沈んだ金色の額縁に入れた静物画がかかっている。家の古さを感じさせ、生活感のない、完璧な応接間だった。極めつけは石のマントルピースとその上の金の置き時計だ。彫刻のある重々しい本棚には、色褪《いろあ》せた洋書と古い置物が並んでいる。

「澤谷くんの家って、ここに昔から住んでいたお家柄？」

「どのくらいを昔と言うかによるけどね、じいちゃんの父親はここに住んだ。渡会さんは？」

「私はまっさらに新しい住民。小学校に上がるときに引っ越してきたの。それまでは埼玉にいて」

美綾の両親は、縁もゆかりもない土地にマイホームを建て、それから拓也が生まれたのだ。弟は今の家しか知らないが、美綾には埼玉の記憶があった。

「そうそう、言っていた本、二冊は見つかったよ」

図書館の本が濡れなかったのでほっとして、手さげから取り出す。経済の棚など今まで近寄らなかったので、探すのに苦労した書籍だ。澤谷が、商学部の単位と必読本の話をしているあいだに、母親がトレイに茶器とケーキ皿を乗せて運んできた。

美綾は、由緒ありげなティーポットのお茶セットを見て、バスタオルとモノクロをひざに抱えて座っていることに困惑した。割ったら悲惨と思われる高級そうな陶磁器だ。この応接間にはふさわしい品だが、自分はますます居心地悪い。

母親が出て行った後で、澤谷は肩をすくめてみせた。

「かあさん、何を気張っているんだか。だいたいこの部屋に知り合いを通すの、おれは嫌いなんだよ。二階へ行けたらよかったのに、今はおれの足がこれだからな。寝るにも下の客用ベッドで寝るはめになって、おれまでお客気分だよ」

美綾は無理にもほほえんだ。

「大きなお屋敷だね。これなら、狭いアパートには出ていけなくなるね」

「そんなことはない、この家を出られたらどんなにいいかと思ってるよ。もうしばらくおとなしくしているはめになったけど」

澤谷は言い、両手をさし出した。

「犬を預かるから、先にお茶を飲んでよ。おとなしそうだし、おれが抱いていても大丈夫だろう？」

「それなら……お言葉に甘えて」

八百万の神が観察するにもいいだろうと思い、バスタオルごとパピヨンを澤谷に預けてみた。モノクロはいやがるそぶりすらしなかった。澤谷のひざに悠々寝そべって、撫でられると目を細めている。澤谷も、お愛想ではない口調で言った。

「人なつこい犬だなあ。それとも利口なのかな。今はじっとしていたほうがいいと知っているみたいだね」

安心して紅茶を飲み、おいしいロールケーキを味わうと、美綾も落ち着いてきた。澤谷とモノクロの組み合わせをながめ、なかなか似合っていると思う。

足のギプスは取れていないが、それ以外はふつうに見える澤谷だった。嫌いだと言いながらも、やはり自宅だからだろう、いつも以上にくつろいでいる。療養中のラフないでたちだが、革張りの肘掛け椅子に座ってもなじんで見えた。ひざに乗せた白黒のパピヨンもまた、クラシックな部屋に調和している。なにしろヨーロッパ王侯貴族の犬なのだ。

澤谷の気楽さにふれると、幽霊を考えるのがばかばかしいのはいつもと同じだった。話も弾み、澤谷とのおしゃべりは楽しいと思う。

（……私、澤谷くんと会うのが嫌いじゃない。気を使ってもらうと、いつも楽になれる。でも、それは気持ちが安らぐのであって、胸がどきどきしたり、切なくなったりはしな

いようだ）

こっそり自分を分析してみる。このような淡い好意も、育てていけば恋心に発展するものだろうか。自分はそういう悠長な気質なのだろうか。

そんなことを考えつつ、澤谷の話を聞いていたので、急に八百万の神の声が聞こえたときには、態度に出るほどぎょっとしてしまった。

「おぬし、むだ話をしにきたのではないだろう。わしはまだ、このおのこのことがよくわからん。ためしに香住の幽霊の話をしてみろ」

澤谷が話をとぎらせ、不思議そうに美綾を見つめた。

「どうかした？」

この声は美綾にしか聞こえないことが、実証できた一瞬だった。

（急に話しかけないでよね。いくら私にしか聞こえなくても、人前なのに）

心の中で抗議の声を上げる。美綾のほうは何も言うことができず、挙動不審だけが残るのだ。

「あ、ちょっと……遠くで雷が鳴ったみたいで」

苦しい言い逃れをしたが、澤谷はそれで納得したようだった。

「しゃべっていたら、聞こえなかったな。雷、苦手なの？」

人一倍苦手なわけではなかったが、この場合はうなずくしかなかった。

（脈絡なく幽霊の話など、持ち出せるはずないでしょう。勝手なことを言って）

美綾はさりげなくパピヨンをにらんだが、小型犬は平気で目をそらしていた。

澤谷は、庭に面した床までの窓を見やった。レースのカーテンが覆っていて、雨筋ははっきり見えない。

「そういえば、さっきより暗くなっているかな。日暮れにはまだ早いのに」

部屋の中は確かに薄暗い。美綾も雨が気になるので申し出た。

「あのカーテン、開けてもいい？」

窓辺に立ったついでに、そのまま庭をながめる。青い芝生と花壇に雨が降りそそいでいた。高台なので空が広く見えるが、雲が灰色によどんで重苦しかった。

美綾はソファーにもどらず、立ったまま澤谷にたずねた。

「どうして澤谷くんは、この部屋が嫌いなの。りっぱなのに」

「きみは気に入った？」

澤谷は聞き返した。個人的な質問をすると質問で返すのは、彼の癖のようだ。美綾はほほえんだ。

「すてきだと思うよ、うちでは考えられないお部屋だし。私、古いものはわりに好きだから」

「渡会さんなら、そういう感じだな。民俗学研究会だものな。だけど、おれは現代的で開放型の家に住みたいよ。古い家っていろいろ気にくわない」

「このお家にまつわるお話ってあるの？」

美綾は、場の流れで話をつないだだけで、話題が幽霊に向く確信はなかった。だが、澤谷のほうから口にした。笑って言う。

「取材するようなネタはないよ。なに、幽霊話が聞きたいの？」

どきりとしたが、かぶりをふって笑った。

「ううん、幽霊話は有吉さんからたくさん聞いたから、もういいよ。有吉さんって好きだよね、そういうの」

「へえ、そうなんだ。有吉がね」

はかばかしい反応はなかった。

「有吉さんから、聞いたことなかった？」

「ないな。おれはてっきり推理小説があいつの趣味だと思っていた。でも、どっちもミステリィといえばミステリィか」

澤谷は少し口をつぐみ、考えこむようにモノクロの背中を撫でた。それから、おもむろに言った。

「おれ、事故の前後はいまだに思い出せないんだ。脳震盪のあとで意識がもどったら、頭痛とめまいで起きられなくてさ。脳出血の可能性があるって、絶対安静にさせられた。何もすることができなかったけど、自分の事故は思い出せないから、代わりに香住の事故を考えていたよ」

美綾は密かに体を硬くした。有吉智佳の名前を出したことで、澤谷も、智佳が香住の事故を知りたがったことを思い浮かべたのだ。話が香住に行き着いてしまった。

「香住くんの、どんなことを？」

「あいつが中学出たての十五歳で、家を飛び出して自活を考えていたこと。比べるとおれは情けないってことだな。結局、この歳《とし》になっても家を出られずにいる。そして、あいつはあっけなく死んじまったが、おれは事故に遭ってもこうして死ななかった。まだ生きている、ってなことを」

美綾が言葉を見つけられずにいるうちに、澤谷は続けた。

「今まで、たいした病気もけがもしたことがなかったから、寝ついたのはいい経験になったよ。何もせず、いい加減に生きている暇など本当はないんだと、身にしみて感じたからね。香住がおれで、おれが香住でも不思議はなかったんだ。十五で人生を断ち切られたやつを間近で見たというのに、実感しないといけなかったな」

「……香住くんのぶんまで生きるということ？」

美綾は小声で言ってみた。しかし、そこまできれいにまとめると嘘っぽい気がした。耳に快く、収まりよく聞こえるが、だからこそ空虚な言葉だ。とはいえ、きれいごとの先へ踏み込んでいいかは、まだためらいがあった。

（それじゃ、澤谷くんは、香住くんが死んだ原因が言えるの？　原因に直接関わりをもっているの？）

質問がのどまで出かかったとき、澤谷が先手を取った。

「今のおれに言えるのは、悔いを残したくないって程度だよ。突然命を落とすこともあるんだ、自分のやりたいことをやらないのはまぬけだ。それでさ、言うことに決めた。渡会さん、おれとつきあわない？」

（え？）

美綾は息を止めた。愛里が予告したというのに、香住の事故に意識が向いていたせいで、不意打ちをくらったのだ。

（……この話、そういう流れだったの？）

澤谷はモノクロをバスタオルごと隣の椅子に移し、ギプスの足で立ち上がった。わずかに体がかしぎ、急いでバランスを取り直す。危なっかしく見え、美綾は思わずとがめる意味で呼んだ。

「澤谷くん」

「大丈夫、松葉杖なしでも少しは歩けるんだ。ここはテーブルがじゃまで、そちらに行けないけど」

照れくさそうに言ってから、澤谷は美綾をまっすぐ見すえた。

「今はこんなだから、かっこ悪くて言えないと思っていたけど、治るまで待つのはやめたよ。きみがひとりで見舞いに来てくれたら、言おうと思っていた。つきあってくれないかって」

美綾は立ち尽くした。

何も考えられなくなってしまったようだ。これを急すぎると言うのは身勝手だと、自分でも承知している。だが、それでも、まだ用意ができていないと思えてならなかった。

「私……」

(何か言わなくちゃ。何かって、何を……)

空回りしている最中《さいちゅう》、美綾の背後で閃光《せんこう》がまたたいた。続いて雲を引き裂く音が駆け抜け、地表付近でとどろく。かなり近くの落雷だった。

美綾は小声をあげて窓ガラスから飛びのき、それから、モノクロに駆け寄った。澤谷が椅子に下ろしたときから、小型犬が気になっていた。今の雷に驚いて、犬の本性で走り回られては困る。

ところが、澤谷はそう受け取らなかった。駆け寄った美綾を自分に引き寄せ、そのまま抱きしめた。今度こそ、完全に美綾の意表を突いていた。

「あの、澤谷くん……」

「ここには落ちないよ。大丈夫」

雷に怯《おび》えたと思われたことに気がついた。みずから招いた事態だと反省する。

「ありがとう、平気」

そう言ってうながしたが、澤谷は回した腕を解こうとしなかった。

「つきあおうよ。ことわりたい?」

ここまで密接した状態でことわるには、そうとうな根性がいる。それに、驚きが少し治まると、相手の体温が伝わることの快さにどこか気づきはじめる。

「ずるいよ、これじゃ」

「返事をしない人のほうが、ずるくないか」

澤谷は言い返した。しかたなく美綾は言った。

「まだわからないの、私。それが本当なの」

「他に好きな人がいる？」

「ううん、そういうのじゃない」

「それなら、つきあえるとわかるまで、いっしょにいることから始めようよ。おれたち話が合うし、少しずつお互いを知ることだってできるよ」

美綾も心が動いた。触れるまで接近した澤谷は、距離をもって見るより甘えん坊に思えておかしかった。腕を離さないのも駄々っ子のようだ。こんなに背が高いくせに。

うんと答えてしまいそうになる。だが、心の深部で何かが引っかかった。その引っかかりは、氷のように冷たいものでできていた。

思わず探ってみてぞくりとする。体感とはちがう冷気だった。

またも雷光が射《さ》し、部屋の中まで照らし出した。わずかに遅れて轟音《ごうおん》が空気をゆさぶる。

「前より近いかな」

澤谷がつぶやいた。そのとき美綾は、冷気の正体を理解した。

（香住くんがいる……）

なぜそう感じたのか、自分自身にも説明できなかった。

見るでもなく触れるでもなく、ただ気配を感じたのだ。小学校以来会っていないのに、すぐに香住とわかったのは、記憶の底から浮かび上がったものがあるからだった。香住がにやつきながら近寄ってきたときの感覚。顔は笑っているのに、美綾をたたく手には力がこめてある。言葉の通じない、四年生の悪童のままの香住健二。

無我夢中で腕をふりほどき、後ずさった。恐ろしさをこらえて見上げると、澤谷の驚いた表情に出くわす。その背後には、何の姿も見えなかった。

(そこにいると意識しては見えないんだっけ。でも、私は有吉さんでもないのに、どうして……)

「いったい、どうしたの。気を悪くした?」

怪しむように澤谷がたずねた。美綾の態度を計りかねるのは当然だ。だが、美綾も動転してしまい、取りつくろう余裕がなかった。小声で問いかける。

「教えてくれる。どうして香住くんが事故に遭う直前まで関わっていたの」

澤谷はとまどった声を出した。

「その件、今言うこと?」

「知らなくちゃいけないの、どうしても」

声を大きくすると語尾が震えたが、それでも美綾は言った。

「事故の前日に会ったと言っていたけど、澤谷くん、当日会っていたんだよね。どうして違うことを言ったの。最後に香住くんと何の話をしたの。人には言えないこと？」

「どうして、きみが知らなくちゃいけないんだ」

「それが大事だから。今や今後に関わることだから」

美綾が言い張ったので、澤谷は黙った。庭に面したテラスの端を、激しく振る雨がたたく音が聞こえる。大きな家の中は物音一つせず、人がいないように静かだった。

少しして、ため息をついた澤谷が口を開いた。

「何にこだわってるのか、わからないけど。おれが事故の前日に香住と会って、自活の話を聞いたのは嘘じゃないよ。だけど、次の日、またあいつに呼び出されたのも本当だ。これは、できるなら言いたくないことだった」

そのまま再び黙ってしまったので、美綾は思いきって踏みこんだ。

「警察の仕事に関わることだから？」

「うん、まあ、微妙。だけど、渡会さんに疑われたままなのはしゃくだから、言っておくよ。これは、おれ自身のために知られたくない以上に、死んだやつを悪く言っても意味がないからだ。それでも真相が知りたい？」

「教えて」

もう一度ため息をついた澤谷は、椅子に腰を下ろした。美綾はモノクロを見やったが、まだ置かれた場所に寝そべっているので、自分は立った場所を動かなかった。じつは、移動するのが怖かったのだ。位置を変えると急に香住の幽霊が見えるかもしれない。

澤谷は声を低くし、ゆっくり言った。

「次の日会いにきた香住は、おれに、クスリを買わないかと言った。あいつ、売人をして金を稼ぐつもりだったんだ。仲間の高校生の中に、クスリを売り買いするやつがいたのは多少知っていた。でも、香住が関わっているのを知ったのは、このときが最初だ。中学生には出回っていなかった」

「クスリ……」

美綾はつばを飲んだ。裏で流通するドラッグのことだろう。法の網をくぐり抜けて、さまざまに有害なものが出回っていると聞く。

「香住くんから買ったの……？」

「買ったよ。だけど、試さなかった。警察が来たときに正直に言って、わたすこともできたんだ。でも、あいつのしたことがわからないまま終わるなら、そのほうがいいと思った。死んだやつは責められないだろう。それにおれは、独立カンパのつもりで金を払ったんだ。クスリが欲しかったわけじゃなかった」

（香住くんはクスリをやっていた？　バイク事故もそのせい？　家から逃れたいために、そこまで香住くんは……）

美綾がショックで茫然とするあいだにも、澤谷は続けた。

「おれは、酒とタバコをやったことは認めるけど、クスリは一度もやらなかった。それに、まじめに高校へ行く気になっていたんだ。警察に黙っていて悪かったとも思っていない。他の知り合いが連行される騒ぎにしたくなかったんだ。それだけだって、信じてもらえるかな」

「うん」

美綾も急いでうなずいた。

「おれが、香住にしてやれたのはそれだけだった。死んだあとのそれだけ。もっと親身になってやったら、死なずにすむ方法も見つかったんじゃないかと、今でも思うよ」

「ごめんね……言いたくないことまで聞いちゃって」

まだ声が震え、動揺が治まらない。見えもしないのに、澤谷の後ろに香住健二がいると思えてならない。

（私が暴いてはいけないことだったのでは。無関係な人間が、知る必要なかったのでは。この好奇心にはツケがくる。責任の取れないことに首をつっこんだ報いがくる……）

香住の怒りが感じ取れるようだった。むやみに生前の行動を暴かれたことを怒っているのだ。問いただした美綾に、応じて語った澤谷に、わきあがる恨みをもっている。

澤谷の背後を見つめずにいられなかった。そして、この応接間がどんなに暗いか改めて気づいた。壁の彩色も家具の彩色も暗く、薄闇がわだかまっているように見える。まるで、澤谷の周囲に黒いものがまとわりついているように見える。

その黒いものを見極めようとしたとき、ひときわ強い閃光がかっと壁を照らした。目の中で闇が一つの形を取る。

続く雷鳴に負けないほどの悲鳴を上げ、美綾は顔を覆ってかがみこんでいた。

四

「おぬし、雲の放電現象をそんなに怖がるとは知らなかったぞ」

わが家に着くと、モノクロはおもむろに言った。帰りは一度も声を発しなかったのだ。道の途中で美綾に抱き上げてもらったときも、身ぶりで歩きたくないと示しただけだった。

美綾は、今ではだいぶ気を取り直していた。澤谷の母親が駆けつけるほどの悲鳴を上げてしまったが、雨がやむまでは澤谷の家にいたのだ。

けれども、母親が応接間の照明をつけたので、その後は闇に怯えなくてすんだ。悲鳴の理由も、大の雷嫌いということで収拾できた。帰り道は雨上がりのそよ風が涼しく、雲間の西日が美しく、歩いているあいだに恐怖の名残も薄らいだようだ。何ともないとは言えないが、モノクロに言い返すくらいはできた。

「違うったら。雷が怖かったんじゃなく、幽霊がいることがわかったからだよ」

「見たのか、おぬし」

「見てない。でも、いるって感じた。あなたは見たんでしょう。言ってよ、私、香住くんがいることには疑問をもたなくなったから」

　美綾が身を乗り出すと、モノクロはとまどったようにその場で一回りした。

「澤谷というおのこは、たしかにいろいろと興味深かったが、わしは香住の幽霊を見ていないぞ」

「うそ、そんなはずない」

　思わず否定したが、小型犬は腰を落ち着けると、のんびり言った。

「おぬしだって見ていないくせに。だいぶ明らかになったが、わしはどうも、おぬしと会話する特化につとめたせいで、おぬしの感知のしかたにかなり同期するらしい。人間の限られた識域がとらえる、限られた現実をいっしょに知るための処置は、センサーにそれなりの制限を加えるのと同じということだな。これも、わしに幽霊が見えないことの仮説の一つだったが、どうやら正しい」

「何それ」

　美綾はあきれて見下ろした。

「私を飼い主にしたせいで、あなたにも幽霊が見えないと言いたいの？　じゃあ、もしも有吉さんを飼い主に選んでいたら、霊体でも見られたの？　お祓いもできるの？」

「あのおなごに、物質界がどう見えているのかは不明だ。それを知るためには、最初から調整をやりなおして構築しないと」

「調整してよ」

「その余地はない。人間になるための力の貯蓄が必要だ」

「本っ当に、役に立たないね」

「人間の役に立つために来たのではない」

美綾はむっとして黙り、それから矛先を変えた。

「でも、私と同じ感覚をもったなら、私の感じることは感じたでしょう。あんなに怖かったんだから。香住くんがそこにいたのはわかったでしょう」

「そこが解《げ》せないのだ」

小首をかしげてモノクロは見上げた。

「澤谷というおのこの言ったことは理解できた。おぬしを口説いていたのも理解できた。だが、なぜおぬしが怯えたのかはわからん」

「何もなかったとでも言うの？　香住くんが恨んでいたのに。それに、稲光が光ったときに、黒い人影みたいなのも見たのに。そっちは何一つ気づかなかったわけ？」

言いつのったが、八百万の神は困りもしないようだった。

「澤谷というおのこに特別な異常は見られなかった。足をけがしているが、異常なことではない。精神状態に興味深いものがあったが、これも参考になったというだけで」

「参考って、何の」

「人間のおなごを口説くやり方の」

モノクロがやけにおとなしくしていたのは、二人のやりとりを興味津々で見ていたからだと知り、美綾は薄赤くなった。

「ばかじゃないの」

「いや、澤谷のものまねはしないから、安心するといい。わしはもっとうまくやる」

「話にならない」

腹が立ったので、ドッグフードをよそった器を乱暴に置くと、そのまま二階へ行ってしまおうとした。だが、階段を上る前に思いつき、ふり返った。

「ひょっとして、私の精神安定のためにそういうふざけたことを言ってる？　同期する私がすごく怖い思いをしてきたから」

モノクロの返答は拍子抜けだった。

「まだ、おぬしの精神も半分以上わからんぞ。おぬしの感情がぜんぶ読めれば苦労はいらない。まだまだ調整が必要だ。それと、わしはいつでもまじめだ」

「まったく、あなたを世話する私のメリットって何なのよ。どこにもないじゃない」

嘆かわしく言うと、白黒のパピヨンはさっきと反対方向に小首をかしげた。

「しいて言えば……かわいい？」

「いい、もう。あなたには何も期待しないから」

脱力した声で言い、美綾は階段を上った。

家じゅうで一番散らかしっぱなしの自分の部屋に入ると、美綾はそのままベッドにころがり、憤懣《ふんまん》を抱えて考えた。

（神様のくせに何一つわからないなんて。生まれて初めて幽霊がいるとわかった私が、こんなに大変だったというのに。そこをきれいにすっ飛ばして、口説き方の見物って何ごとよ。もう、神も仏もぜったい信じない。もともと信じていなかったけど）

それから、男子に口説かれたのも生まれて初めてだったと考えた。ひどくタイミングが悪かったのが、残念でならない。動転して取り紛れてしまい、せっかく澤谷に告白されたというのに、初体験をよく味わうこともできなかった。返事もうやむやになったまま、さっさと帰ってきてしまったのだ。

澤谷のほうは、美綾がごまかして逃げたと思ったかもしれないと考える。心が決まらなかったのは事実でも、逃げたと思われるのは不本意だった。けっして申し出を軽く扱うつもりはなかったのだ。

（香住くんの幽霊のことも、モノクロの正体も、ぜんぶ打ち明けることができたら、きっとわかってもらえるだろうに……）

仰向けに寝返り、澤谷にすべてを伝えることを検討してみた。しかし、今日、香住の存在を感じたのが美綾ひとりであり、モノクロに否定されていては、説得するにも根拠が弱い。

（だけど……）

根拠がなかろうと、美綾の全身を震わせた恐ろしさは偽りではない。実感としての脅威がなければ、澤谷の申し出を考える余裕をなくすはずがない。

何もいなかったはずはないのだ。霊を見る人々はみな、こうして理解されない疎外感を味わうのかと考える。

ベッドに起きなおった。やはり、相談する相手は有吉智佳しかいなかった。すでに香住の幽霊がいることを知り、それが危険なことも承知している智佳に話すのが一番早い。

電話をかけてみると、智佳は数回のコールで出た。まだ自宅ではないが、ひとりなので話してかまわないと言う。そこで美綾は今日起こったことを一気に伝えた。澤谷の家へ確かめに行き、はっきり姿は見なかったものの、初めて香住がそこにいると感じたこと。澤谷に問いただして、香住がクスリを売っていたのを聞き出したこと。香住の怒りが感じられたこと。

もちろん、澤谷の告白は省略しておいたが、理由もなく家をたずねるのも変なので、犬の散歩がてら、図書館の本を届けたことを話した。

智佳はほとんど口をはさまず、あいづち程度で最後まで聞き入った。そして、美綾が語り終わると沈黙し、しばらく考えている様子だった。心配になった美綾は、こちらから聞いてみた。

「ちーちゃんのほうは、今どういう感じなの。お祓いする方法はもうわかった？」

智佳は低い声でゆっくり答えた。

「お祓いはまだ。私、ちょっと様子を見ようと思っていて」

「様子って、何の。澤谷くんの？」

「うーん。困ったことになったね」

智佳の声は、真に困惑して聞こえた。

「みゃあ、私が、危ないから不用意に近づくなってメールしたのを覚えている？」

「覚えてるよ。だから、不用意にならないよう準備して行ったつもりだったの。結果的にはあまり役に立たなかったけど」

あわてて言ったが、智佳の調子は変わらなかった。

「ふだんは幽霊など見たこともない人に、それだけ存在がわかるなんて、そうとうなことなんだよ。香住くんの霊はどんどん強くなっている。影響が増していっている。みゃあに直接会ってみるまで、私にも確実なことは言えないから、今度の教職講義で会おう」

美綾は不安が増して携帯を握りしめた。

「教職まで待たなくても、明日すぐに会ってよ。私、いつでもちーちゃんの都合に合わせるから」

「そうはいかないの。みゃあに会う前に、私にも用意がある」

智佳はさらに声を低め、かすれたささやき声のようになった。だが、美綾の耳の底に響いた言葉は聞き違えようもなかった。

「もう、何がどうなってもおかしくないと思う。もしかしたら、手遅れなのかも。とにかく身の回りに気をつけて」

第四章　しのびよる影

一

すっきりしない日が続いた。

梅雨前線がなかなか去らない今年の天候もだが、おもに美綾の心境のせいだった。

澤谷光秋は翌日、メールを寄こした。雷雨の日の告白には触れず、遠回しな内容であり、美綾の出方をうかがっているのがわかった。美綾も悩んだのだが、体が冷たくなる恐怖を忘れられず、いそいそと会いに行く気になれなかった。図書館の本を返したいときには連絡をくれとだけ書いて送ると、その後は来なかった。

返事を宙ぶらりんにしておくのは、美綾もよくないと思っていた。けれども、香住健二の幽霊が取り憑いているという、はなはだしく特殊な事情がからんでいては、自分の気持ちをどう考えたらいいかもわからなかったのだ。

有吉智佳の意味ありげな発言が、ずっと胸に巣くっている。しばらく他に気を取られていても、またふっと浮かんでくる。

（……手遅れって、何を指してそう言ったんだろう。用意しないと私に会えないって、どういう意味で言ったんだろう。お祓いと関係あるんだろうか）

教えてくれとメールしても、返事がこない。智佳が気を悪くしているようで、重ねて電話するのもためらわれた。じれったい思いで教職講義を待つ。

智佳が言ったことを、モノクロには話さなかった。逐一伝えてもしかたないと思えて、疑問を話し合う気になれなかったのだ。

電話の智佳が、美綾の何かを非難しているのを、言外に感じ取ったせいかもしれない。知らずにミスをおかしたのだとしたら、まず知ってからにしたかったし、こうした微妙な感情の問題に、八百万《やおよろず》の神が有効な指摘をするとも思えなかった。

やっと、待ち焦がれた文学部キャンパスの講義になった。美綾は早めに教室へ向かい、席を取って智佳を待ちかまえていた。だが、ゆるいウェーブの髪をした女子学生はなかなか来ない。講義の最後まで期待をかけたが、とうとう現れなかった。教室を出るやいなや、その場で電話をかけてみる。

電話に出た智佳は、かすれた声をしていた。

「昨日から熱があるの。今日は学校休んじゃった。行けなくてごめん」

「えっ、たいへん。病院行った？」

「たいしたことないの、ただの夏風邪。ちょっと無理したせいだと思う」

「看病してくれる人はいるの？　住所教えてくれたら、何か食べるものを持っていくよ」

「大丈夫、買い置きはある。寝ていれば明日には下がるから」

智佳は言ったが、美綾は引き下がりたくなかった。

「ひとりで寝ているのは心細いから、私、行くよ。心配だし、この前ちーちゃんの言ったことがすごく気になるし」

「ううん、来ないで。来ないほうがいい」

驚くほどはっきりした拒絶だった。めんくらった美綾が口をつぐむと、智佳は少し間をおいて、弁明するように言った。

「私のこれね、霊障に近いと思う。だから、みゃあはそばに寄らないほうがいい。私自身ははね返せると思うけど、それ以上のことには自信がないの」

（そんな……）

背筋が寒くなるのを味わう。香住のせいなのかと聞きたかったが、薄暗い廊下で口にするのも怖くなり、言葉を選び選びたずねた。

「それ、もしかして……ちーちゃんが、前に黒いものを見たから？」

「かもね。はっきりとは言えない。でも、私がお祓いを学びはじめたせいだと思う」

「……祓われたくないから？」

美綾がささやき声になると、智佳は逆に声音を強めた。

「私、自分のことは何とかできる。でも、けっこう抵抗を受けるし、時間がかかることもわかった。だから、会うのは来週の講義まで待って。来週まで私には連絡もしないで。霊のことだから、何がどう影響するかわからないよ」

あと一週間と突き放され、美綾は追いすがるようにたずねた。

「私だって、黒い影を見ているんだよ。これって何か起こるの？」

少しためらってから、智佳は静かに言った。

「わからないけど、気をつけて。とにかく、もう澤谷くんに会わないほうがいい。電話でもメールでも、このことに関して何一つ触れないでね。澤谷くんだけでなく、他の人にも言わないで」

「うん」

「何度も言うけど、気をつけて」

「そちらこそ気をつけて。風邪、おだいじにね」

連絡も危ぶむと言われては、早々に電話を切るしかなかった。重苦しいものが残る。気がつくと動悸《どうき》がしていて、耳の底に響いた。

（どうしてこんなことになったんだろう。私、いったい何に遭遇しているんだろう。幽霊のしわざに怯える日が来るなんて……）

何もかもが不確かだった。どういう危機かもわからないのに、何に気をつければいいのだろう。智佳の言葉を過敏で大げさと考えることもできるが、軽んじていては大変なことになるとも考えられる。すべてがあいまいだから、たれこめた雲のように重苦しいのだった。

（私は私の感覚を信じるしかないんだろうけど……）

日がたってしまうと、あのとき香住の気配を感じたことすら不確かなのだった。別の何かに怯えたくせに、幽霊に転化してしまったのだろうか。それは、澤谷自身のもつ何かだったのだろうか。

（……男性恐怖症だなんて思ったことはなかったのに。だんだんわからなくなる）

何もかも見通しがつかないと感じた。霧の中を歩く感覚になる。その霧は高原の霧のように白くはなく、濁ってどす黒かった。

次の日も次の日も、たいしたことは起きないものの、冴えない日々が続いた。

気がふさいで、何をやってもうまくいかないようだ。注意力が落ちているのか、小さなミスをしたり、ものをなくしてばかりいる。あわてて持ちものを探してばかりなので、苛立ちの原因にもなった。

三日間で、立て続けにボールペンと折りたたみ傘とＵＳＢメモリーをなくした。ボールペンも傘も惜しむほどの品ではなかったが、ペンを借りたり知り合いの傘に入れてもらうはめになったし、ＵＳＢメモリーをなくしたのはそうとう痛かった。

「やっぱりどこにもない。あのUSB、杉田さんのなのに。まだ自分のノートに移していなかったのに」

家に帰った美綾が、バッグの中身をぜんぶ広げたので、モノクロが寄ってきた。

「何が入ったUSBなのだ」

「日民研の過去レポートの記録。私のテーマに近いものだけだけど」

「おぬしのテーマは、妖怪だったな」

「違います、神話です」

ラウンジでメモリーをわたされてからの自分の行動を、けんめいにふり返ってみる。すぐ取り出せるよう、バッグの外ポケットに入れたのが敗因だったのだろうか。

「バッグにしまって、もう一度出してデータを足したのは覚えている。おかしいなあ、そのとき落としちゃったのかな」

モノクロは、美綾の持ちものを見回してから言った。

「ずいぶん持ち歩いているものだな。これでは紛れてもしかたないのでは」

「そんなことないよ、女子はいろいろ必要なんだから」

言い返したが、大きなバッグを常用すると、いつのまにか小物を溜めこんでいることも事実だった。じつは、ひっくり返すまで忘れていたものもある。

「あれ、こんなの持っていたっけ」

グリーティングカードに似た小さなカードがあった。白一色で、型押しで中央に花束模様がついている。二つ折りを開くと何も記していなかった。美綾は首をかしげた。

「これ、だれかにもらったかな。買い物のおまけだったかな……」

モノクロが黒い目で見上げた。

「おぬし、このところやけにぼんやりしているぞ。活力もないようだ」

「元気になれるはずないよ」

杉田先輩に平謝りに謝っている自分を想像した。何かとついていない。

「ああ、もう、失敗ばっかり。どうしてなくすんだろう」

白黒のパピヨンは、すっかり自分用にしている十七インチノートの前にもどり、少しいじってから言った。

「おぬしがぼんやりするようになったのは、澤谷の家へ行ってからだな。おのこのことが気にかかって、他に集中できないのか？」

見当違いではなかった。幽霊が取り憑いたことを、澤谷の特性と見なすならばだ。それでも、一番大きな理由はやはり澤谷自身のせいとは言えなかった。美綾はすねた口調になり、ねちねちと言った。

「あの日、私が見たり感じたりしたことを、あなたが知らないと言うから悪いんじゃない。あのとき、本当に怖かったんだよ。何もなかったなら、あんなにぶちこわしになるはずないよ。澤谷くんとまともに話ができなかったんだから。そのくらい驚いたんだから」

「雷が鳴ったせいでは」

「違う。私、そこまで雷が怖くない。でも、急に香住くんの幽霊がいると感じた。だから、きっといるんだよ。有吉さんはこの話、ものすごく真剣に受け取ってくれたよ」

美綾が言いつのると、モノクロはこちらを向いて前足をそろえた。

「人間には、気休めの言葉があるらしいし、方便と呼ぶものもある。だが、神は基本的に偽りを言うようにできていない。おぬしが同意してほしいのはわかるが、見なかったものを見たとは言えないし、認めていないものを認めたとは言えない」

「ああそう。幽霊など絶対にいないと言うのね」

「いや、世界を観測する視座には多様性がある。絶対にとは言っていない、仮説はあるぞ」

美綾はため息をついた。神様相手にオカルトの存在を説くという、この情況がばかげているとも思える。

「ふつう、逆なんじゃないかな、これ……」

「これとは？　指示語の先が不明瞭だ」

説明する気もなくなって、たずねる。

「あのねえ。神様ってなんなの。どうしてあなたは、こうしてしゃべってもそんなに怖いと思えないし、なんだかんだ言っても、何もできないの？」

小型犬は大きな目をしばたたいた。

「フレンドリーなほうが、おぬしの居心地がいいと思っていたが。怖いほうが好ましいのか」

「そんなことは言ってないよ。あなたが何なのかわからないだけ。人間になろうとしなければ、万能の、私たちがふつうに思い浮かべるような神様になれるの？」

モノクロは少し考えてあくびをした。ちょっとでも話題に興味を失うと、この犬はすぐにあくびをする。

「わしは、人間になろうと下界に来たのだから、その仮定は無意味だな。上界に居続ければ、物質界の生命とかけ離れているから、生命体の理解力では追いつかない。ゆえに、おぬしたちが思い浮かべることもできない」

まねして美綾もあくびをしてみせた。実際、会話も無意味だった。

「わかった、もう言わない。でも、あなたが無能だから、怖くないし威厳も感じないのは確かだよ」

いくぶん耳を向けて、モノクロがたずねた。

「おぬしは、幽霊なら有能に何かすることができると思ってそう言うのか」

美綾は智佳の風邪を考えた。有吉智佳ならその答えを知っているだろう。彼女に会えたら、霊障が起こるのかどうかはっきりする。

「来週にはわかるよ、きっと」

翌日美綾は、新しいメモリーを買って日民研の集会場所に出向き、頭を下げて杉田に差し出した。

「すみません、どうしても見つからなくて。どこでなくしたんだか」

二年の杉田登《のぼる》は、小太りでほおが大きく、一重まぶたの目がメガネ越しに愛敬を感じさせる人物だ。美綾の態度に、その目でまたたいて言った。

「あれっ、こんなことしなくてよかったのに」

品物を受け取るときの決まり文句かと思ったら、そうではなかった。

「だって、今日来たら、テーブルの上に置いてあったよ」

杉田がポケットから取り出したのは、美綾が昨日借りたＵＳＢメモリーだった。ラベルですぐに見分けられる。美綾は目を見はってしまった。

「えっ、じゃあ、私、ここに落としていったんですか」

「落ちていたら、おれたちだって気づいたと思うけど。わりに近くでだれかが拾って、届けてくれたのかもしれないね。ラベルに日民研と書いてあったから」

日民研には顧問の教職員がおらず、正式の部に昇格しないので、学生会館に部室をもたない自主サークルだ。教育学部ラウンジの隅っこのテーブル一つが、サークルの定位置だった。ここはほとんど他の学生が座らなくなっているが、それも暗黙の了解事項であり、囲いや独占権があるわけではない。けれども、ここで会合を開くときは、「日本民俗学研究会」と記した立て札をテーブルに置いた。学部ラウンジの奥には、こうした自主サークルがいくつかあった。

美綾はとにかく、メモリーが見つかったことで胸を撫で下ろした。

「あってよかったあ。バッグのポケットから掏《す》られたかとさえ思ったんですよ」

「これを盗《と》っても、ゆすりのネタにもならないでしょう」

杉田は笑ってから、まじめな目つきになって美綾の顔を見た。

「渡会さん、こんなことを聞くのもなんだけど、きみ、だれかの恨みを買った覚えある？」

（え？）

いきなりの発言に、美綾はぎくりとした。いやでも香住の幽霊を思い起こすではないか。だが、杉田がその事情を知るはずはないのだった。あわててさりげなさを装った。

「ないですけど。どうしてですか」

「ちょっと変な書き込みがあったんだ、日民研の連絡板に。パスワードを知らないやつは書き込めないはずだけど、おれたちのだれかが書いたとは思えないんだよ」

クラスメイトの英美利が関心を示した。美綾といっしょに来ていたのだ。

「えっ、何て書いてあったんですか」

「橋本《はしもと》さんがすぐに削除した。だから、他の人は知らないと思う。橋本さんとおれくらいだよ、書き込みを見たのは」

杉田は眉をひそめた。

「内容は支離滅裂で、渡会さんの名前が入っていた。中傷みたいな感じで。でも、気にしなくていいよ。たちの悪いいたずらだ」

　美綾もたずねた。

「気になりますよ。何て書いてあったんですか」

「いや、知らなくていい、不愉快なだけだから。だれかと険悪になった覚えがないなら、放っておいていいよ。おれたちも忘れるし、ぜんぜん関係ないから」

　杉田は少しも取りあわず、他の二年に話しかけられて、そのままそちらを向いてしまった。美綾は英美利を見た。

「いったいどうなってるんだろう。だれがそんなことを」

「私じゃないからね」

　英美利は笑った。彼女はボブカットにした快活な女の子で、だれにでもはっきりものを言う性分だ。しかし、性格が特にきついわけではなかった。さばけていると言っていい。

「本当に渡会さん、何も思い当たることがないの。恋の恨みとか、かけられていない？」

「あるはずないじゃない」

「そうかなあ。クラスでもちょっと言われていたよ。すっごくかっこいい男子とつきあっているんだって？」

　クラスメイトにうわさされるとは、思いもよらなかった。しかし、考えてみれば、澤谷は教育学部まで迎えに来ていたのだ。だれに見られてもおかしくなかった。

「まだ、つきあっていないよ。幼なじみってだけで」

美綾がうろたえると、英美利は「まだ、ね」と笑った。

「私は実物見ていないけれど、取り沙汰されるほど目立つ男子なんだから、恋のライバルもどこかにいたでしょうに。知らないだけでは？」

知らないだけかもしれないと、美綾も考えてしまった。

「そうだとしても、私の顔見知りの中にはいないと思う。それに、警告なら私にしてくるんでは？　サークルの板などに書き込まず」

英美利は肩をすくめた。

「周りの評判を落としたがっているのかもよ。やり口が陰湿だね。でも、ここの先輩がしっかりした人たちでよかったよね、すぐに消去してくれて」

話はそれきりになり、どこからも蒸し返されなかったが、美綾はそのあともしばらく悩んでしまった。

（……私が澤谷くんと会ったのは、つきあっている内だったんだろうか。他人からそう見える行動をしていたんだろうか）

いろいろ知らないと実感してしまう。女子校にいたせいとは言えないのだろうが、美綾という生徒が、女子だけの環境から六年間一歩も出なかったのは事実だった。だから、距離の加減やら境界線といったものがわかっていないのだ。

（男の子とつきあうって本当はどういうことかも、わかっていないのかも……）

澤谷がもてそうな男子だとは、最初から思っていた。だが、自分がやっかまれる立場に立つとは、少しも思わなかった。考慮すべきだったのだろうか。

(私を恨む人がいる……?)

幽霊ではなく、生身の人間に恨まれているのだろうか。ますます気が重くなってきた。

その日の日民研は、だれのレポートもなく雑談めいて終わったが、三年の橋本会長は書き込みについていっさい口にせず、他のメンバーは何も知らない様子だった。助かったものの、美綾はやはり気づまりで、いつものようには発言できなかった。

帰り道で考えた。日々のほとんどは平凡で、たいしたことは起きていない。それでも、小さなつまずきが重なるだけで、妙にこたえてくる。何一つ心が躍るものはなく、意欲がわかなくなった気がしてくる。

(……たったひとり日本に残って、自分で選んだことだと意地を張って、私、何をしているんだろう。こんな大学生活に、そうまでする意義があるんだろうか)

電車のシートに座ってぼんやり考えこんでいたら、居眠りもしていないのに、一駅乗り過ごしてしまった。これもげんなりすることだった。

夜もあまりよく眠れなくなった。夜中にくよくよ考えていると、時間がたつのがやけに遅かった。そのぶん、授業中眠気に襲われ、講義時間は早くたった。そして、どの講義にも興味がもてないと思えるのだった。

天候も、美綾の心身も、一向にぱっとしなかったが、それでも日々はじりじりと進んでいた。教職講座の曜日が来るのだ。智佳が期限を言いわたした日が来る。

一週間だれにも相談できなかった美綾は、やはりいそいそと文学部キャンパスへ向かった。この日はそぼ降る雨だった。美綾の傘は、この前コンビニで間に合わせた透明ビニール傘だった。

（今日こそ、疑問だったことを聞ける。どうすればいいかもわかる）

その意気込みだったのだが、かんじんの智佳がまたもや姿を見せなかった。隣の席が空いたまま教授が教壇についてしまい、いっきに不安に陥った。

（……まさか、病気が悪化して入院してしまったとか。霊障がそれほど強力で、有吉さんにも撃退できなかったとか。この一週間のあいだに、何か大変なことが起きていた？）

気になりだすと、教授の話にも集中できなくなる。それでもこらえて、講義内容を追いかけていると、椅子のわきに置いたバッグの中、マナーモードにした携帯が小さな音をたてて震えた。メール着信の合図だった。

智佳からだと直感したものの、美綾には、講義中に携帯電話を取り出すまねはできなかった。隠れていじっている学生も見かけるが、自分が講義する側だったら、やはり失礼に感じると思ってしまう。

早く終われと願っていると、異様に時間が長かった。それでもついに教授が終了を告げ、美綾は、何するより先にバッグから携帯を取り出した。思った通り智佳のメールだった。

「この前、会えばわかるだろうと言ったのは、嘘じゃないの。今日、私もちゃんと教室へ行ったよ。みゃあは気づいていないだろうけど、教室の戸口まで行った。でも、中には入れなかった。だから、メールに書くね。

渡会さんの後ろ姿を見ました。そして、私には近寄れないことがわかった。風邪が治ったばかりで、まだ弱っているから、あなたのためだと思っても、近づいたらまた倒れてしまうとわかったの。

とても残念なことだけど、前に私の忠告を無視したでしょう。あなたが自分から澤谷くんに近づき、家まで行ったからだとしか思えない。そういうことでもなかったら、香住の幽霊は、私に取り憑こうとしたでしょう。それは、ぜったいそうだったと思う。だから、私に何の関係もないとは言えないけれど、渡会さんが自分で招き寄せたことでもあるんだよ。

私、渡会さんの肩の上に、香住が浮かんでいるのを見ました。

びっくりしたし、ひどく恐ろしかった。あの幽霊、澤谷くん個人に強い恨みがあるわけじゃなかったみたい。たぶん、捕まえやすい人を捕まえてしまうの。だれでもいいから引きずり込もうとしている。渡会さんには、香住に都合のいい弱点があったのかも。

それで、乗り移ってしまったのかも。

何とかしてあげたいけれど、今の時点では、自分の身も守れない状態です。しばらく、あなたに会えないと思う。この教職単位を取るのもやめる。これはたいしたことじゃないし、渡会さんのせいじゃないからね。

幽霊が澤谷くんに憑いていたときも、すぐにはたいしたことが起きなかったし、明らかな影響は出ないかもしれない。ただ、そういうものがいるということ、忘れずにね。忘れると悪いことが起きるかもしれないから。

今すぐには何もできないけれど、祓える自信がついたら会いに行きます。それまで気をつけて」


にわかに信じられず、美綾は二度三度とメール文を読みなおした。それから茫然としてしまった。

（香住くんの幽霊が、私に憑いている……？）

自覚症状が何もないのに大病を告知された、そんな気分だった。信じたくない。現実にそんなことが起きると思いたくない。こんなメール一つで、自分の世界が塗り替えられるのはたまらない。

席を立ち、駆け出すように教室を出た。つまずいてころびそうになり、はっと気がついて、それからは歩いたが、駅までの道を行くにも周りが何も目に入らなかった。

徐々に、智佳に見捨てられたという不満がわいてくる。勝手に香住の幽霊と向き合えと言われたも同然で、何も手を貸さないと告げられたのだ。美綾より自分自身がかわいいのは当たり前だとしても、口もきかずに帰るとはあんまりだと思える。悔しいので、電車の中でそう打って送った。

（……幽霊が憑いても、たいしたことは起きないって、ただの気休めじゃない。澤谷くん、交通事故に遭っているというのに。へたをしたら命を落としたかもしれないのに。他にも、小さなことはいろいろあったのかもしれないし）

村松愛里が語ったことを思い出した。澤谷が事故の前に、駅のホームから転落したこと、テニス場のポールが倒れてきたこと。本人が最近ついていないと言っていたというし、ロッカールームで小物を紛失した人物のひとりだったこと。

（そうだ、今の私と同じだ。ものがなくなる。ついていない気分で凹《へこ》む）

思い当たって震え上がった。澤谷の不運がだれかの呪いでなく、幽霊のしわざだったとしたら。霊障の現れで起こっていたとしたら。似た状態の美綾も遠からず、交通事故に遭うのかもしれない。

（もう、いやだ……）

身の周りのすべてに危険が潜んでいるような気がする。走って逃げ出したいが、逃げこむ場所などどこにもなかった。

だれかに相談しようにも、智佳をたよれない今、こんな話はだれにも打ち明けられない。ネットで探して名高い霊能者を訪ねるべきなのだろうか。

孤独をひしひしと感じた。幽霊が取り憑いて、美綾の様子が変わったことに気づく家族もいないのだ。

（ロンドンへ飛べば、香住くんの幽霊から逃げ出せるだろうか。私が受かった大学をあきらめて、春からイギリスで暮らしていれば、こんなことにはならなかったんだ）

澤谷とも智佳とも、再会することにはならなかったのだと悔しく考えた。

バスを降りたときには雨が強まっていた。日の暮れた道が怖くなり、水たまりも気にとめずに急いだため、パンツの裾と足がすっかり濡れてしまった。美綾は玄関でソックスを脱ぎ、リビングに入ったが、愛らしいパピヨンの姿を見ても気分は浮き立たなかった。犯罪者は外に閉め出せても、幽霊は閉め出せない。

「散歩は取りやめね。雨がひどいから」

「望むところだ」

モノクロは答え、大きな黒い耳を動かした。

「今日はまた、いちだんと活力が落ちているようだな。疲れたのか」

指摘された美綾は、いちだんと声を沈ませた。

「理由はあるけど、言ってもしかたないよ」

「会話の話題は必要だぞ。提供するべきだ」

「しかたないんだってば、あなたは見えないんだから。あなたには、見えないものはいないんだから」

ふいに声を尖《とが》らせてしまい、美綾は自分がそうとう変だと気づいた。落ち着こうと努め、黙って背を向け、ドッグフードの用意をする。床に食事用のマットをしいて器を置くと、モノクロは中断しなかったかのように続きを言った。

「見えないものはいないというのは、幽霊の件か」

美綾はしぶしぶ答えた。

「有吉さんに、今は香住くんの幽霊が私の肩に見えると言われた。言われたというか、そういうメールが来た」

食べかけていたモノクロが、再び頭を上げた。

「興味深いな。それは今日からの現象か？」

「知らないよ。この前澤谷くんの家へ行ってからずっとなのかもしれない」

「おぬし、何か感じるものがあるのか」

美綾はどう言おうかためらった。

「……あるような、ないような。でも、澤谷くんと同じかもしれないと感じる。ものがなくなるし、いやなことが起きるし」

「幽霊が憑くと、不注意になるのか。事例の一つはわしも見たが、他には何があったか教えてくれ」

「教えてどうなるのよ」

八百万の神にそのつもりはなかったのかもしれないが、美綾は、くだらないと言われた気がした。否定してかかる相手の前では、根拠にならない些細なことばかりだ。不吉に感じる今の気持ちを、どこへももって行きようがない。

「あなたにはぜんぜん、私のことなどわからないのに。同じ超常現象のくせに、神様だって偏見をもってるじゃない。幽霊など人間の思いすごしで、自分たちだけが存在すると考えてる」

少し考えて、小型犬は尻尾をふった。

「そうだな、その見解は正しい。おぬしに幽霊が憑いたと言われても、このわしには香住健二が認識できん。わし自身はおぬしに憑いたと言えないが、声を聞かせるための同調はしているから、部分的には憑いたとも言えるだろう。物質以外の何かがおぬしに接触したときは、感知できると見込むのだが」

「思いすごしと言いたいのね」

「そういうことになる」

我慢の限界だと、美綾は考えた。

「パピヨンなんか、拾うんじゃなかった。あなたのせいで、ロンドンへは行けないと思っていたんだから。もういいよ、私に同調するのはやめて、だれか他の人を探して。霊能のある人を主人にして、一から調整しなおしてよ。幽霊が見えたら私に会いに来て」

モノクロは何か言おうとしたが、美綾の剣幕がそうさせなかった。

「こんな目に遭ってまでひとりでいるのは、もうたくさん。私はロンドンへ行く。決めたんだから、これでおしまい」

足音も荒く、美綾は階段を駆け上った。

（やっぱり家族と暮らそう。お母さんにメールを出そう。大学を辞めてもいいから、今すぐそちらへ行くと書いて、航空チケットを取ってもらおう。日本を離れてまで、日本の幽霊が出るとは聞いていないもの。香住くんを振り払うには、これしかない……）

机に向かい、メールを打ち始めたが、この急な心変わりを幽霊のせいと訴えることもできなかった。母が納得する体裁をどう整えればいいか、手を止めて思案する。

考えているうちに、だんだん飛行機に乗るのも怖くなってきた。交通事故には飛行機事故も含まれるのではないだろうか。道路で起きる事故は、必ず死ぬとは限らないが、飛行機事故では助からない。成田空港はまだ国内だが、飛行機が一番危ないのは離陸時と着陸時だ。

けれども、乗客すべてを巻きこむ大惨事を引き起こすほど、香住の霊は強力だろうかとも疑う。だいたい美綾は、そうまでされる何をしたというのだろう。今まで考えられなかったことを、初めて考えた。

（私は、どうしてあのとき、香住くんが怒っているのを感じ取ったんだろう。澤谷くんから私に幽霊が乗り移ったとしたら、あのときしか思い当たらない。でも、どうして……）

四年生の香住健二と感じたことがよみがえった。智佳は確か、中学の制服姿と言っていたはずなのに。

(四年生……)

香住にひどくいじめられたのが、四年生だったからだ。嫌いになったのはこのころだった。三年生のときも同じクラスのはずだが、あまり記憶にない。

(三年生……)

美綾の思い出では、三年生と四年生のあいだに大きな隔たりがある。三年生の一月に、弟が生まれたからだ。その少し前には利香子が家にいるようになり、拓也が生まれてからは職場復帰しなかった。

小学校卒業までは、以前と同じく長期休みを父の実家で過ごしたが、それでも日常の変化は大きかった。学童保育へ行かなくなった。平日に夕飯をひとりで食べなくなった。世界の色彩が変わったようだった。それを思い返したとき、忘れかけていたことをぽっかりと思い出した。

(私、三年のとき、香住くんの隣の席になったことがあった……)

二

そのころの美綾は、休み時間に走り回って遊ばず、机で絵を描いているような子だった。けれども、人気マンガやアニメを器用にまねできたので、それを見にクラスメイトが集まってきた。

だから、友だちがいないと思ったことはなかった。だれとでも仲よくできると思っていた。活発ではなかったが、友好的な気性はもっていたのだ。

香住が隣に座ったとき、同じに仲よくできると思っていた。親切にして、こちらが優しい気持ちを示せば、わかってもらえると信じていた。

だが、そうはいかなかった。香住の反応はいつも予想外で、むらっ気で、平気で他人の気に障ることをした。相手がいやがれば喜び、ときにはぶったり蹴ったりした。しばらく友好を試みて、美綾もあきらめた。香住健二がクラスメイトに嫌われるわけがわかった。この子はかまってはいけない人物なのだ。そう結論してから、隣を無視することに決めた。

（自分のしたことを消し去ろうとした。だから、思い出しもしなかった。いじめがひどくなった四年になったら、よけいに思い出さなかった）

（……香住くんに一方的に攻撃されると思っていた。私は何もしていないのに、と。でも、違った、私が先に香住くんに近づいたんだ。優しくして、気を引こうとした）

思い至ると愕然《がくぜん》とした。本当はこのことを忘れてなどいない。うすうすわかっていたからこそ、何度ぶたれても美綾は教師に訴えなかったのだ。

美綾が活動的になったのは、五年生になってからではない。拓也が生まれたときから、徐々に変わり始めていた。四年生の美綾は、まだおとなしく見えたとしても、前より自信と積極性をもつようになり、絵を描く以外でもクラスメイトと遊んだ。けれども、香住には二度と話しかけなかった。香住が集中して美綾を攻撃するようになったのは、それからのことだ。

（初めて気づいたことじゃない。本当は知っていた。あの子が私をぶって逃げるのは、追いかけてほしいからだということ。かまわれたいからだってこと。だから、徹底的に無視したんだ。無視は一番の仕返しだったから）

これが、美綾自身の真相だった。香住の事故死がどうしても気になったのは、単にクラスメイトだったからでも、いじめられたからでもなかった。あのころ、香住の気持ちを知りながら、自分が冷たくあしらったからだ。

（だから、香住くんはここにいる。ここへ来た……）

確信したとき、背後に覚えのある気配を感じた。夢中で椅子から飛びのく。ふり向く前に見えるものがわかっていたが、見ないですますこともできなかった。

美綾の頭よりやや高くに、浮かんだ子どもの姿があった。ややぼんやりと見えたが、まぎれもなく香住健二だった。よれよれのハーフパンツと横縞《よこじま》のシャツは、卒業写真で着ていた服だ。やや顔をしかめた様子も写真と似ているが、目は美綾を見据えていた。

そのことははっきりわかった。

ついに自分も幽霊を見ているのだ。智佳だけの特権ではないのだ。わずかにそう考えたが、自分の家の中で、しかも自分のベッド近くで怪異を見るほどいやなことはなかった。あまりのことに悲鳴も出てこない。そのまま体が冷たくなり、冷や汗が背中をつたう。

幽霊は身じろぎもせずそこにいて、非難するように見つめていた。長時間見つめ合ったように思えたが、それからようやく姿が薄くなっていった。

「出て行って」

美綾はかすれた声で言い、声が出ることがわかるとトーンを上げた。

「まだ小学生の私に、達観できるわけないじゃない。香住くんだって子どもだったじゃない。好かれようとしなかったじゃない。そのくらいのことで、私についてこないで。出て行ってよ。行かないなら、私が出て行く」

動くのが恐ろしかったし、目を離したくなかったが、懸命にこらえて部屋の戸口へにじり寄った。少し開けたドアから後ろ向きにすべり出て、思い切りドアをしめる。

ところが、薄れて消えたと思った香住の姿は、廊下の奥に現れた。息をつきかけていたところだったので、全身に震えが走った。明かりをつけない廊下の暗がりに、香住の顔が青白く浮かんでいる。ぎょろ目のその顔がこちらに向かってくるように見える。

(ぶたれる)

身に迫って感じるものは同じだった。思わず後ずさりながら、階段のほうへ逃げようとする。

「目を覚ませ」

そのとき、モノクロの声が耳に響いた。

「それは、おぬし自身が見せるものだ」

それから、背骨の下のほうを何かが突くように押した。はっとわれに返ると、スリッパを履いた片足のかかとが宙を踏んでいた。いつのまにか、階段ぎりぎりだったのだ。体のバランスを失いそうになり、あわてて手を壁に当てる。今にも転げ落ちるところだったと知って、心臓が飛び跳ねた。

同時に、美綾の腰にぶつかったものが後ろの段に落ちる音がした。目をやると、白黒のパピヨンが踏みとどまることもできず、鞠《まり》のように転げて階段を落ちていくところだった。手を伸ばしても何の意味もなく、今度こそ美綾は悲鳴を上げた。

「モノクロ」

幽霊は一瞬頭から消え去り、自分も足を滑らせそうな勢いで駆け下った。小型犬は、階段下に横たわっていた。意識は失っておらず、すぐに頭を起こして前足を広げ、力なく立ち上がろうとする。だが、体の後ろ半分が動いていなかった。美綾が抱き起こそうとすると、さも痛そうにキャンと鳴いたので、仰天して手を離した。

「どこが痛いの、けががはどこなの」

答えは一応返ってきた。

「あちこちぶつけた。うまく立てないようだ」

「どうして階段を上ったりしたのよ、危険なのに」

美綾の非難に、八百万の神はまったく別のことを言った。

「おぬしは、有吉智佳を信じ、暗示にかかったのだ。外部に観測できる幽霊はいない。だが、心の中は別だ」

「そんなことより」

「おぬしが見せられたのは、自分の心の香住へのこだわりだ。人間の心は、かなりいろいろなことができるな」

美綾は、半分くらいしか聞いていなかった。

「そんなことより、問題はけがでしょう。痛いのはお腹、背中？　どこが痛くて立てないの」

相手はしぶしぶ言った。

「全部痛いから、わしにもよくわからん」

「……私のためだったの？」

ようやく情況がのみこめてきた。美綾が階段まで後ずさるのを知り、パピヨンが無謀にジャンプして体当たりしたのだ。おかげで幽霊から気がそれ、足を踏みはずさずにすんだ。

「自分がどうなるかわかっていたの？」

今度はモノクロが聞いていないようだった。

「ところで、わしは、痛いのが苦手だ。しばらく気をそらすことにしたぞ」

「ちょっと待ってよ」

あわてて止めたが、八百万の神は待たなかった。小さくクンクンと鳴きだしたので、ふつうの犬になってしまったことがわかる。

(話していられないほど、ひどいけがなのかも。もしも背骨を折っているとか、内臓を傷つけているとかしたら……)

新たなパニックに襲われて、美綾は電話に飛びついた。

(病院だ。川森先生に診てもらわないと。助かるものも助からなくなる)

時刻は八時を過ぎており、午後の診療が終わったのは知っていたが、そんなことを言っていられなかった。祈るように電話が通じるのを待っていると、ありがたいことに川森自身が出た。

「時間外にすみません。モノクロが——うちのパピヨンが、階段から落ちたんです。ひどく打って、動けなくなって。どうしていいかわからなくて」

説明しているうちに涙がにじみ、鼻声でしどろもどろになってしまった。

「……意識はあるけれど、まだ立ち上がれません。触ると痛そうで、手も出せないんです」

獣医は、平静な口調でいろいろ状態をたずねた。半泣きの美綾をなだめるように言う。

「きみが動揺していては、けがをしたペットにも不安を与えるよ。まず落ち着きなさい。

小型犬は体重が軽いから、人が思うほど大きなけがにはならないことも多いんだ。雨も降っていることだし、病院へつれてくるのが無理そうなら往診しよう。行ってもいいかい」

「来てくれますか、遅くてすみませんが」

「たまにあるよ、こういうことは」

美綾の家を訪ねた川森は、モノクロの診察をして、後ろ足が折れているかもしれないと言った。やはりレントゲンを撮るべきだと。

そこで、タオルをしいた段ボール箱にモノクロをそっと入れ、川森の車に乗せて病院へもどることになった。もちろん美綾も同行した。

動物病院に着くと、当然ながら受付の女性も帰ったあとで、しんと静まり返り、白い照明と清潔な床がどこか寒々しく見えた。美綾は、待合室に座って治療が終わるのを待ちながら、幽霊の怖さも生きものへの心配とは比べものにならないと、しみじみ感じた。このままモノクロが死ぬ可能性を考えると、自分も生きた心地がしない。

（……モノクロに、他の人を探してなどと、どうして言えたんだろう。自分のことなのに気が知れない。こんなに、モノクロのおしゃべりを聞けなくなるのがつらいのに）

期間は短いのに、美綾はずいぶんこの小型犬に寄りかかっていた気がするのだった。

ようやくドアが開き、獣医に招き入れられた。治療台の上のモノクロは、右の後ろ足に保護具をつけ、横になって目を閉じていた。

白衣の川森が、穏やかに言った。

「心配ないよ、鎮痛剤を打ったから眠っているだけだ。レントゲンで確認したら、後ろ足は骨折じゃなく脱臼だったよ。パピヨンは骨が細くて、関節もはずれやすいんだよね。その他のけがは打撲くらいで、あと少し様子を見る必要はあるが、内臓に大きな異常はなさそうだ。おおむね、けがは軽くてすんだと言っていいよ。よかったね」

「死なないですよね」

「死なないよ。たぶん治りも早いだろう」

安堵のあまり、全身の力が抜けた。

「よかった……どうなるかと」

「階段を上らないよう躾けたと言っていたよね。この犬、聞き分けが悪いのかな」

「違うんです、今回事情があって。もう、二度と上らないと思います」

「それならいい。他にも、あまり高いところから飛び降りさせないほうがいいね」

一日の診療で疲れているだろうに、川森は少しも迷惑さを見せず、明るく対応してくれた。まだ完全に余裕がもてない美綾だったが、そのことには気づき、ありがたく思った。

「治療費は、再診のときにまとめてでいいよ。会計する木村《きむら》さんもいないから。モノクロは、まだ動かさないほうがいいと思う。病院で一晩預かろう。きみは、もう遅いから家に帰りなさい。車を出すよ」

美綾はためらった。

「あの、モノクロといっしょにいたらだめですか」

茶色のメガネフレームの中、川森の目に驚きが浮かんだ。

「一晩中？」

「モノクロといっしょにいたいんです」

「きみの犬は、急変するような容態ではないよ。それに、泊まるのは無理だ。ここは動物を泊めることはできても、付添人を泊める設備はないんだ」

困った表情で、川森はつけ加えた。

「二階にあるのは個人の寝室で、ぼくは独身だよ」

「ずっと起きています。モノクロを見守っていられたらそれでいいんです。寝る場所はいりません」

美綾は言い張り、川森は弱った様子で自分のほおをさすった。

「そうは言っても、きみの評判というものが。きみには今、ご家族もいないんだし」

「ひとりで家にいたくないんです」

幽霊の正体が何だったにしろ、今夜、ひとりきりで過ごすことを考えただけでたまらなかった。そして、家にいたくないと口にしたとたん、美綾がそれまで思いとどめていたものが、堰《せき》を切ったようにあふれ出した。

「モノクロが帰らないなら、帰りません。ひとりになりたくない。あの家に、私ひとりで住むのはいや。もうぜったい、ひとりにならない。ぜったいにいや」

最後、ほとんど叫ぶように言うと、わっと泣き出して顔を覆った。いきなりやって来た激情に、自分自身がたまげたが、どうにも抑えきれなかった。幽霊やモノクロの負傷ばかりでなく、さらにいろいろな要因が入り混じった涙だったのだ。怖いのか、寂しいのか、悲しいのか、苦しいのか、よくわからないまま声を上げて泣いていた。

本人でさえ意外なのだから、川森はもっと驚いていた。少しのあいだ立ち尽くして美綾を見ていたが、やがて思いなおした様子で、顔を覆う美綾の肩に静かに触れた。

「きみは、自分で思うよりずっと無理をしていたんだと思うよ。急にご家族が海外へ行ってしまって。それからずっと、気を張り続けていたんだろう」

優しい声音だった。返事のできない美綾も、その口調は心にしみる気がした。

「どうしても帰りたくないなら、好きなだけここにいていいよ。ぼくは二階へ引っこむが、帰りたくなったときやモノクロに何かあったときは、内線で呼び出してくれ」

川森は診察室を片づけ、二階へ上がっていった。だが、もう一度下りてきて、食事はすませたかとたずねた。いらないと首をふると、温かいココアのマグと毛布を持ってきてくれた。そのときには、美綾もしゃくり上げなくなっていたので、小さな声であやまった。

「す、すみません。わがままで」
「モノクロの処置の一環と思うことにするよ」
少々おどけて川森は言った。
「きみが、拾ったパピヨンを飼うことにしたのも、ひとりになったからだと思えばね」
美綾は、そのまま翌朝までモノクロのケージの前で過ごした。もちろん目を覚まして
いるつもりだったが、夜中に毛布を巻きつけてからは記憶がなく、気がついたら床で寝
ていた。おかげで体が凝って痛かったが、夢も見ず、朝の光の中では香住の姿も遠のい
ていた。
モノクロは夜中に一度目を覚まし、しばらく身じろぎしていたが、美綾が話しかけて
も何も言わず、八百万の神は出てくる気がないようだった。早朝に車で送り届けてもら
っても変わらず、美綾が大学を休んでそばにいたというのに、口をきいたのは夜になっ
てからだった。

言って聞かせられないパピヨンに、美綾が苦労して薬を飲ませたところだった。モノ
クロはおもむろに言った。
「おぬし、まだ幽霊が怖いか？」
「もっと早く出てきて薬を飲んでよ。いないと理屈がわからないんだから」

「わしも、薬は嫌いだ」

あっさり言い返してから、モノクロは前足を伸ばし、伏せたままかるく伸びをした。

「うむ、あまり痛くなくなったかな。だが、今夜はおぬしが勝手に怯えても、二階へ駆けつけることはできないぞ」

「怯えたりしないよ」

美綾も言い返したが、モノクロがまたしゃべったことは密かにうれしかった。

「私もあれからよく考えた。何もないところに勝手に香住くんを見たとは、いまだに思えないところもあるけれど、あれは幽霊じゃないというのは本当かもしれない。私、どうして香住くんを思うと後ろめたくなるのか、思い出せなくなっていたの。だから有吉さんの幽霊話が気になってしかたなかったというのは、あったかもしれない」

ゆうべよみがえった三年生の記憶を、かみしめてみる。

「私ね、香住くんの隣の席になったとき、担任の先生に呼ばれて、あの子と仲よくしてあげてと言われたの。母親にそのことを話したら、香住くんの家族の事情を教えてくれた。お母さんに冷たい仕打ちを受けているって。きょうだいの中で香住くんだけ、産んだ子じゃないからって」

素直な態度がとれないのは、そのせいだと知っていた。憎まれ口ばかり達者で、暴力で表現することしかできないのは、だれからもそうされてきたからだ。

「……わかっていたのに、結局、私も香住くんに優しくできなかった。そこに一番の罪悪感があった気がする」

モノクロは前足にあごを乗せて言った。

「幼体の時期のできごとが、後になって影響することがあるのだな。有吉智佳にも、おぬしとは異なる心の屈折がありそうだ。あのおなごが真実幽霊を見るのかどうかは、やはり疑問な点がある。だれにも害が出ないのであれば、言うのは勝手だが」

そして、少し間をおいて続けた。

「だが、幽霊とはやはりおもしろい。外部に確固とした存在がなくても、人間の心が生じるものも存在のうちと認めるなら、おぬしの心が見せたものだって幽霊と呼ぶかもしれない。もともとそういうものが多かったとも考えられる。すべてとは言えないにしろ」

美綾はため息をついた。

「人間なら、それは幻覚とか妄想と言うはずだよ。本気で扱うのはばかげたことになる。私、最初はあなたのことだって幻覚か妄想だと思っていた」

「神は物質化が可能だ。だから、けがだってする」

「もうわかったよ、モノクロはモノクロだってこと」

きまりの悪い思いで、美綾は言った。

「ただのパピヨンだったら、二階にいる私の様子に気がついて、だめと言ってある階段を駆け上ったりしないいね。私に気づかせるために階段でジャンプまでしない」

モノクロは気にとめなかった。

「それはわからんぞ。飼い主の安全はペットの関心事だ。自分の生活の質に関わる。それに、おぬしが香住に向かって話しているのが聞こえた。犬は耳がいいのだ」

もっとはっきりお礼を言おうか考えているうちに、美綾はふと思い出した。

「そういえば、あのとき、あなたの言葉が聞こえたけど。すぐ耳もとで言われたみたいに聞こえた。ジャンプしてぶつかる前だったのに」

相手は機嫌よく答えた。

「リモートコントロールだ。やってみたらできた。とっさだったので、まだ用法が確立しないが、追究する価値があるかもしれない。遠くからおぬしにものを言うことが可能になるぞ」

美綾は少しあきれて、後ろ足に保護具をつけた小型犬を見た。

「やってみるまでわからないことがあるの？　神様なのに」

「わしのしていることは、ほぼ前例のないことばかりだ。探究心がないとできない。それに、下界には、ぶつかって初めて認識を改めるものがたくさんある。人間の心がつくる現象もその一つだな」

パピヨンはいばった態度でそう語った。

モノクロが食欲を失わず、内臓に不調が出てこないとわかったので、美綾も気持ちが落ち着いた。三日後には大学へ行き、そして、自分の状態がどうなっていたかも少しずつのみこめてきた。

川森先生の言葉が正しかったのだ。美綾が我を張って、ひとりが寂しいと認めなかったために、自分で自分を変なところへ追い込んでいた。目の前に現れた人物のだれにでも、むやみにすがるところがあった。その結果、智佳の言葉を信じ、香住の死にこだわったあげく、幽霊を見たと思うおかしな精神状態になっていった。

（人の目が、見たいものを見るというのは本当かもしれない。私、どこかで、有吉さんのように幽霊が見える人になりたがっていたのかも……）

しかし、自分の真相を認めたせいなのか、動物病院で大泣きして発散したからなのか、今では鬱屈が流れ落ちたようにすっきりしていた。あとで思うと、川森の前でそうとうみっともなかったが、あれから霧がかかった気分が晴れ、小物を紛失することもなくなった。蒸し暑い天気でさえ、前ほどつらくならない。体が慣れてきたらしい。

母に航空チケットをたのまず、幸いだったと考えた。頭がはっきりした今は、大学を辞めようとはこれっぽっちも思わなかった。モノクロを手放して、夏休みにロンドンへ出向くことも論外だ。最初の一年間くらい、決めたことをやりとげなくてどうすると、自分を叱咤《しった》する思いだった。イギリス留学を検討するのは、それからのことだ。

こうして態勢を立てなおした美綾だったが、まだ気にかかるのは、なぜ、有吉智佳は、美綾の肩に香住健二が見えると言ったのかということだった。

（私のこだわりが、彼女の目には映っていたんだろうか。有吉さんが見たものは、何だったんだろう。霊障の話は何だったんだろう。あの人、本当にお祓いを学びに行っているんだろうか）

智佳が、美綾のためにお祓いを身につけようとしているなら、必要ないと早めに教えるべきだ。けれども、それ以前に、今では智佳の本気もだいぶ怪しくなっていた。

（有吉さんにとっては、どっちなんだろう。香住くんの幽霊は外部にいたんだろうか。それとも、私のように心の問題だろうか）

智佳を探し出し、直接聞いてみる決心をした。相手が美綾に会わないつもりだとしても、同じ大学にかよっているからには、会う手段があるはずだ。

智佳が必ず顔を出すと思えるのは、演劇サークルだった。学生劇団の様子は本人がいろいろ語っていたので、何人かの学生に聞いて回れば、どのサークルか目星がつく。部室の場所も聞き出せたので、ただちにそこへ向かった。

各階に部室が連なる学生会館のビルは、混声合唱団の部室もあるところなので、初めて入るわけではなかった。しかし、どの階も似たような小部屋が続き、知らないサークルは見つけにくい。とはいえ、目当ての部屋番号を知り、掲示をていねいに見ていけば、見当はつくものだった。

ドアをノックし、そっとのぞきこむと、壁に演劇公演のポスターやチラシがたくさん貼ってあって、正しいとわかった。雑多なものが積まれた中に椅子とテーブルがあり、

五、六人の学生が立ったり座ったりしてしゃべっている。智佳の姿はなかったが、手前にいた年上の男子学生が美綾に気づき、声をかけてきた。
「なに、入団希望？」

「いいえ、ちょっと友人を探しているんですけど。一年の有吉智佳さん」

「ああ、チカちゃんね。新人レッスンまでには顔を出すと思う」

時間をたずねると、あと四十分ほどあった。

「来るまで、待たせてもらっていいですか」

「えっ、電話かメールしないの？」

美綾がかぶりをふると、相手はどう受け取ったか知らないが、軽いノリで申し出た。

「じゃあ、おれが電話して呼んでやるよ。おたく、お名前は？」

あわてて美綾は言った。

「教育学部の渡会です。でも、有吉さんには私の名前を言わないでくれます？」

「どうして」

ためらって、美綾は小声になった。

「……私に会いたくないかもしれないと思って」

「うわっ、意味深。ドラマがありそう」

男子学生は喜々として智佳に連絡し、用事があるからすぐ部室に来いと、内容を告げずに言いおいた。電話を切ってから、わくわくした調子で美綾にたずねる。

「やっぱり、恋のトラブルかな。きみの彼氏をあいつが盗ったとか」

「違います」

美綾は憤然と応じたが、相手はどこ吹く風だった。

「チカちゃんって、そういうのがありそうなんだよなあ」

先輩の電話が効いたのか、智佳はそれからまもなくやって来た。大きなショルダーバッグを掛け、スカートの下に黒のレギンスをはいている。そのスタイルが、妙に劇団員っぽく見えた。相変わらずさっそうとしており、肌もきれいで、体調をくずした気配はどこにも見られない。

ドアを開けたとたん、美綾がパイプ椅子から立ち上がったのを見て、智佳はわずかに顔色を変えた。

「トモさん、用事ってこのことだったの」

「そうだよ。きみに話があるって待っていたんだ」

美綾は、智佳をまっすぐ見て言った。

「時間はとらせないから、少し話につきあってほしいの。それとも、どうしてもいや？」

智佳は小さくため息をつき、興味津々の目で見守る男子学生をちらっと見やり、それから答えた。

「じゃあ、外に出て。少しでいいなら話を聞く」

二人は階段を下ったが、智佳の心づもりは本当に外に出るだけだった。ビルのエントランスを出ると、そのわきのスペースで早くも足を止め、後ろから来た美綾に向きなおる。

「何を言いに来たの」

美綾も立ち止まり、まずはたずねた。

「今でも、私に香住くんが憑いているのが見える？」

「意識して見るから、今は見ない」

智佳は答えてから、美綾の顔をながめた。

「どうしたの。私の言うことが信じられなくなったの？」

大きく息をして気持ちを静め、美綾は慎重に言った。

「私も見たよ、香住くんの姿。私の後ろにいたのが、ふり向いたら見えた。小学生の香住くんだった。卒業写真の服を着ていた。少し輪郭がぼんやりして、私の頭より少し高くに浮かんでいた。だから、有吉さんが見たものもわかるよ」

智佳は目を見開いた。

「うそ。あなたって見ない人でしょう」

「そう、今までは一度もなかった。でも、有吉さんに刺激を受けて、見えるようになったのかも。あとね、有吉さんは、幽霊というのは見たら数秒で消えると言ったけど、そんなにすぐには消えなかったよ」

「まさか。あなたにも見えるなんて思えない」

取りあわないといった口調で返された。美綾には、智佳が信じていないのがわかった。

「有吉さん、お祓いのやり方はもうわかった？　どうやれば憑いた霊を祓えるの」

「それはまだ言えない」

「こうして私と会ってしまったら、香住くんの霊はあなたに乗り移る？　有吉さん、自分のほうに来るはずだったとメールに書いていたよね。もう、移ってしまった？」

智佳はしばらく黙った。それからゆっくり口を開いた。

「そのために来たの？　会いに来たのは、幽霊を私になすりつけて自分は難を逃れるため？」

美綾はかぶりをふった。

「ううん、私が見た幽霊はね、他人に乗り移らないものだよ。私が小学生のときに抱えて、これからもずっと抱えていくもの。あれこれよく知っている人が、そのことを教えてくれたの。だから、私にはお祓いが必要じゃないの。祓わなくても、自分で理解できたから。もう、これからは見ないですむと思う」

「ふうん、専門家に相談したんだ」

気のない口ぶりで智佳は言った。美綾から目をそらせる。

「よかったじゃない、まるく収まって。料金いくら払ったの」

美綾は少し声を強めた。

「だからこそ、今もう一度確認したいの。有吉さんが澤谷くんに見た幽霊が何だったのか。私に憑いたと見た幽霊が何だったのか。有吉さんにも何か、香住くんへのこだわりがあったの？」

「香住へのこだわり？」

智佳は声を上げて笑い出した。

「あるはずないじゃない、そんなもの。ただのサプライズに」

三

ウェーブした髪をかきやりながら、智佳は言葉を続けた。

「渡会さんって、本当にめんどくさい人ね。こうまでめんどうな反応をされるとは思わなかった。怖いと泣きついてきたら、もっと早く言ってあげたのに、変に内に籠もって行動するしさ。私もとっくにおもしろくなくなっているから、はっきり言うけど、ただのお遊びよ。スリルを楽しむお遊び」

美綾は息をのんだ。

「どういうこと」

「どうもこうもないって。あなただって私の幽霊話を楽しんだでしょう。同じノリで、もう少し迫真性のあるものをやってみただけよ。香住の話をしたら、あなた、やけに食いついてくるんだもの。だから即興で考案したの。どきどきハラハラしたでしょう」

「お芝居……だったの」

「ううん、私もけっこう本気。役柄になりきるのは得意だから、そのうち、自分でも実際にあったことに思えてくる。こしらえるだけじゃなく、そこまでやらないと徹底しないんだよ、架空の舞台というものは」

「じゃあ、小さいころから幽霊が見えるというのも嘘？」

「見たと言えば見たのかも。幽霊はいるほうが楽しいもの。私って想像力が豊かだから、自分の体験か他人の体験かも区別できなくなる。でも、そのほうが得。何でも自分に取りこめるから」

女優志願の人物らしい発言だった。そして、何でもないことのように言った。

「別に悪気はなかったのよ。日常がいつもと違って見えて、ぞくぞくすればそれでいいだけ。あなたは自分で、妙にこじらせたようだけど、私は楽しんでほしかっただけ」

（悪気はなかった？　本当にそう言えるんだろうか……）

美綾は手を握りしめた。澤谷にはずいぶん失礼なことになったのではないだろうか。それに、美綾によこした最後のメールなどは、遊びと言ってすませられるほど軽いものだろうか。

「どう取りつくろっても、有吉さんは私をだましたし、脅したことには変わりないよね」

低い声で告げると、智佳は肩をすくめた。

「それは渡会さん、あなたのせいよ。そっちが長引かせるから、エスカレートせざるを得なかったじゃない。こっちもいつまでも、破綻しない次の手を考えるはめになったわよ。深追いしないでやめればよかったのに」

冷ややかな目を美綾に向ける。

「それに、言い方に気をつけなさいよ。だましただなんて人聞きの悪い。ジョークやいたずらがまるで許せない、堅物の自分に反省を向けたら？　簡単に乗せられる自分にもね。渡会さんって、本当に見事に女子校出のお嬢さん。世間知らずでおめでたくて、小さな籠の中で暮らしてきたみたい」

美綾はこの言葉に言い返せなかった。身に突き刺さるが、的外れではないと感じたからだ。だが、智佳がエントランスに引き返そうとするのを見て、もう一声かけずにいられなかった。

「私、このことはぜんぶ澤谷くんに話すよ。言わない約束ももう無効でしょう。澤谷くんだって、私の態度が変だと思ったに違いないんだから」

「ご勝手に。好きにすれば」

智佳は背中で言い、ふり向きもせずガラス扉を通っていった。

二人の話が、こうまで険悪な形で終わったとはショックだった。美綾は、自分がかっとなったのを認めた。智佳の豹変《ひょうへん》を感じ、あざむかれたと感じたのだ。親身になってくれた今までのやりとりが、陰で笑いながらのお遊びだったと思うと、底意地の悪さにあぜんとする。

　しかし、それから混声合唱団の部室へ行き、このごろよく話す顔ぶれと関係のない話題で笑ったら、だいぶ気持ちが紛れた。ソプラノパートの練習に参加し、帰りの電車でひとりになったときには、もう少し冷静に見られるようになっていた。

（思い返せば、私だって最初は、有吉さんのパフォーマンスじゃないかと疑っていた。あの感覚が正しかったのだ。距離をとればちゃんと見えたものが、いつのまにか見えなくなっていた。深みにはまったのは、私自身が仕向けたことだ……）

　平気で嘘を語った智佳には、今もやり場のない怒りを感じる。けれども、これまでも智佳は、おもしろおかしく演出する友人とつきあうのに慣れていて、悪ふざけやからかいも日常になっているのかもしれなかった。

（有吉さんが常識としているセンスや暗黙のルールが、私には読めなかったんだろうか。融通のきかない堅物で、あちらから見れば、無粋な私が悪いのであって、怒る権利などないんだろうか……）

　なんであれ、お互いわかり合えないと感じた。智佳のふるまいに悪気がなかったとしても、美綾にはもう彼女の友人になれなかった。

　けれども美綾も、すでに小学三年生ではない。だれとでも仲よくなれるわけではないのを、とっくに承知している。大勢の中には、ただ反りが合わず、理由なく美綾を嫌う人だっていることを知っている。だから、凹んでばかりもいられなかった。

　香住健二のバイク事故の真相は、結局つかめないままなのだろう。クスリを売っていたという事情や、澤谷との間柄も、知るのは当人たちだけになるだろう。あれこれ推理しようとすればまだ続けられるが、もう手放していいのだと思えた。現実とはすべてが解明するものではなく、美綾は、解明しないと不利な立場にいるわけでもない。香住がクスリの売人だったことの是非も、澤谷が隠蔽したことの是非も、自分が問うことではなかった。裁く資格はないし、過剰に思い入れて香住の不遇を嘆く資格もないだろう。

ただ、今なら、不幸だった同級生を心から悼むことができる。渡会美綾には救う力がなかったことを、神妙にそのまま受け止められる。

（自己満足のために全部を知らなくてもいい。香住くんが心に引っかかった理由は、私自身にあったと納得できている。もう、これからは、死んだ人を死んだ人として静かに眠らせていいのだ……）

安らかに眠れと、自分の恐れのためではなく香住のために思うことが、祈りや供養になるのではと思えた。死人を騒がせるのは、生きた人間の想念なのかもしれない。

駅を出ると、暗くなった空に星が見えたので、歩いて帰ることにした。いろいろとかみしめながら歩き、道の途中で澤谷光秋に電話をかける。

「今、電話してだいじょうぶ？」

「いいよ、どうしてた。音沙汰なかったね」

「ごめん、ちょっとごたごたがあって。図書館の本、期限が来ちゃうでしょう」

「ああ、うん、気にしなくていいよ。おれも今は杖をつけば動けるし、自分でなけりゃ家の人に返してもらってもいい」

澤谷は気さくに言った。うやむやになってしまったこの前の気まずさを、これっぽっちも見せない態度だ。けがの様子を聞いてみたが、もうすぐギプスも取れるという話だった。回復は悪くなさそうだ。ひとしきり容態の話に耳を傾けてから、美綾は言った。

「やっぱり私が返してくるよ。明日の土曜、本を取りに行ってもいいかな。今度はお家の中までおじゃましないから。でも、澤谷くんに直接話したいこともあって」

「どんな話？」

「やっと話せるようになったことがあるの。今まで私が、何を考えていたかとか」

「会いに来るのは、何だろうと歓迎だよ」

澤谷は、この前と同じ四時ごろと取り決めて、電話を切った。

美綾はそれから一晩考えたが、やはり、だれにも言わずにすませることはできないと決意した。あざむかれた自分のうっぷんを溜めこみたくないし、澤谷は何が起きていたかを知る権利がある。細かに思い返せば、自分が彼に誤解を与えたと感じるのだった。澤谷に気のあるそぶりを見せながら真剣にならない、いい加減な女とは思われたくなかった。

澤谷の家に向かいながら、一方では不安も抱えていた。智佳に手ひどい言われ方をしたのがこたえて、澤谷もその同類かもしれないと思わなくもなかったのだ。自分の傷が深くなるばかりかもしれない。

(それでも、しかたない。自分のしたことには自分で始末をつけよう……)

家の前の坂まで来ると、門のところに澤谷が立っているのが見えた。片側に松葉杖、反対側の手に図書館の本を抱えている。家の中におじゃましないと言ったせいなのかと後ろめたく、美綾は小走りになった。

「待っていてくれなくてもよかったのに」

「いいんだ」

手にした本を美綾にわたし、澤谷は言った。

「庭へ行って話そう。おれもこの前通した部屋は嫌いだし、今日は天気もいいんだから」

昨日今日は晴れが続いていた。庭先のタチアオイが垂直な茎に赤やピンクの花を誇り、青空に白い雲が浮かび、あたりには夏の匂いがただよっていた。芝生を前にしたテラスには、白く塗ったテーブルと椅子が置いてある。

「じゃあ、あったことだけ話すね。解釈とか私情はなるべく抜きにして。それでも少し長くなると思うから」

腰かけた美綾は、前置きして、講座で出会った智佳が、香住の事故の話を持ち出したことから語り始めた。そして、澤谷の背後に香住の幽霊が見えると言ったこと。死んだ事情を調べないといけないと告げたこと。病院の見舞いの後には、香住の霊が黒い影を集めていると言ったこと。そのあげくに、香住の霊が美綾に乗り移ったと脅したこと。

澤谷は二、三質問したり、確認をとったりしたが、話の流れをさえぎることなく最後まで耳を傾けた。まじめに聞き入る様子なので、美綾もだんだん力を得て、自分の家で香住を見たと思いこんだことや、智佳との最後のやりとりをつくろうことなく伝えることができた。

「つまり、私は、有吉さんに振り回されていたわけ。ものを知らないだけかもしれないけど、途中から作り話とは思えなかった。有吉さんも、自分でこしらえたことを本当にあったと思えるんだと言っていた。そこまで徹底しないとだめだって」

「そうか……」

美綾がしめくくると、澤谷はテーブルにひじを置いたまま考えこんでいた。

「なるほどね。幽霊とはずいぶん奇抜だけど、有吉なら、そういうまねをしてもおかしくないかな。あいつ、本当の気持ちは言わず、とっぴなふるまいに出るんだよ。それで、たいてい他人とこじれる。バンドでもそうだった」

「バンドでも？」

「音楽センスはけっこうあるし、声も悪くないし、ヴォーカルとして見映えもするんだけど、バンドが組める女子じゃなかった。女優のほうが向いているだろうな、たしかに」

澤谷の言葉に含みを感じて、美綾はたずねた。

「バンドで、澤谷くんと何かあった？」

「それは、今さら言うことじゃないから」

澤谷はくわしく語らなかった。体を起こして美綾を見つめる。

「有吉がどうして渡会さんを標的にしたのかも、何となくわかる気がするよ。渡会さんが、あいつと正反対のタイプだからだ」

美綾は肩をすくめた。

「あの人に言われたから知ってる。堅物でジョークもいたずらも通じないって。そこが気にくわなかったんでしょう」

澤谷が少し笑った。

「きみのような子は、有吉が演技ではまねできないからだよ。どこも飾らず、素のままそうしていると透けて見えるからだ。渡会さんは、べつに目端を利かせなくても、恥じることなく渡会さんでいられる」

「それじゃ、有吉さんが自分を恥じているみたいじゃない。そのほうがあり得ないよ、あれほどいつもさっそうとした人が」

美綾は同意しなかったが、澤谷は指摘した。

「素のままの自分を認められるなら、日常で演技などしないですむと思わないか。有吉は、自分自身ではいられないんだと思う。そうは言っても、演技に踊らされるほうはずいぶん迷惑だけどな。おれもそれを被《こうむ》ったってわけで」

声に苛立ちは感じられなかった。香住に恨まれて幽霊が取り憑いたという、いわれのない嫌疑をかけられたことにも動じず、客観性を失わないように見える。度量が大きいようで、美綾は思わず感心した。

「ひどいと思ってはいないんだね、有吉さんのこと。それなら私も、あまり思わずにいられるかもしれない。性質の違いということにして」

「古い知り合いだという事実は、気が合おうと合うまいと変わらないからな。渡会さんにとっては、香住もそういう存在だったんだろう」

　美綾はゆっくりうなずいた。

「そうだね……香住くんだって同じだった。最後までわかり合えなかった。嫌いという気持ちを変えられないまま亡くなってしまったことが、いつまでも心に残っていたの」

「こだわりが何だろうと、きみの関心は香住に向いていた」

　テーブルで両手の指を組んだ澤谷は、静かな口調で言った。

「おれのサークルに顔を出したのも、見舞いに来てくれたのも、香住の幽霊が気になっていたからだったんだな。今日聞くまでやっぱりわからなかったよ。有吉の作りごとのとばっちりで、おれも勘違いしていたらしい。この前言ったことは撤回する、こっちの早合点だった」

　とたんに美綾は居心地が悪くなった。口ごもり気味に言う。

「澤谷くんと話をするの、私も楽しいよ。それに、幽霊の災いが心配になったのも、澤谷くんだったからだし。でも、たしかにそう。まだ、つきあうことまで考えていなかったの、あのとき」

「今もだろう」

「……うん」

たいそう小声で肯定した。ゆうべから結論していたことであり、言わずにすませることはできなかった。だが、それでも断りづらく、断っていいのかという迷いもあったのだ。

「気にしなくていいよ。おれたちのあいだも幼なじみは変わらない。今後も長く連絡を取り合おうよ」

澤谷のほうが、よっぽどさっぱりした態度だった。今日までのあいだに、すでに気持ちを切り替えていたと見える。

「おれたちは気が合っていると思ったけれど、実際は見ているものにずれがあったという、それだけのことだよ。きみは悪くないし、こういうのはよくあることだ」

「……ありがと。そう言ってくれて」

潮時だと思い、美綾は立ち上がった。

「じゃあ、もう行くね。これからも何かあったら声をかけて。喜んで行くから」

「そちらもね」

澤谷はほほえんで見送った。

（あとくされのない女子との別れ方にも、慣れているんだろうな……）

和やかさにほっとする反面、隔たりも感じた。やっぱり自分にはつりあわない人だと考える。それでも、どこか惜しいことをした気がするのも確かなのだった。


日がたつにつれて、またもや恋愛のタイミングを逃したと思えてくる美綾は、愛里に連絡を入れた。もともと、愛里が顚末《てんまつ》を聞かずに終わらせはしないと、前からわかっていたのだ。遅かれ早かれ白状させられる。

「ええっ、断っちゃったの。まじで」

ロングスプーンを口に運ぶ手を止めて、愛里が声を大きくした。

二人は、ダイエットしたいと言いながら季節限定のメロンパフェを食べていた。愛里は、美綾と同じくらいの身長ながら、もう少しぽっちゃりしている。胸もあるし、そのままで十分かわいいのだが、本人は気にしているらしかった。それでも、季節限定の誘惑には勝てなかったようだ。

「いろいろ事情があって、ずれがあったんだもん」

自分のふるまいをわかってもらうには、智佳の話がはずせず、美綾は愛里にも幽霊の件を説明した。すでに語ったことであり、前より時間もたっているので、より平静に客観的に話せる気がした。

愛里は目をまるくして聞き入った。

「そりゃ怖くもなるわ。有吉さんって、そんなことを言う人だったんだ」

「今思うと、私もばかだったけどね」

「うーん」

一部始終を話し終えたときには、どちらもパフェはとっくに空になっていた。愛里はグラスの水を飲み、勢いよく言った。

「からかいやすい反応をするからって、そこまでするのはやっぱり変だよ。念入りすぎて、悪ふざけのレベルじゃないよ。悪気がないとは考えられない」

「私もちょっとはそう思ったよ。でも、有吉さんに悪意をもたれるほどつきあいがなかったし、小学校のころだって何もあったわけじゃないし」

美綾が言うと、愛里は顔をのぞきこんだ。

「それも思い出せないだけってことは？」

「違う。何もなかったって自信がある。有吉さんとはほとんど遊んでいなかったもん、四年で転校しちゃって、その住所も知らなくて、大学で会ってやっと思い出したんだから」

「それなら、きっとこういうことだよ。美綾がわかっていないだけ」

愛里は自分で自分にうなずき、おごそかに告げた。

「私は、少し感じていたのよね。有吉さん、澤谷くんのことが好きだって」

美綾はとまどってまばたいた。

「えっ、お見舞いのとき、そんなそぶりがあった？」

「態度に出さなくてもだよ。美綾の話を聞けば、それしか考えられないじゃない。あの人、美綾を彼から遠ざけたくて幽霊を持ち出したんだよ」

美綾にはすぐにのみこめなかった。

「でも、最初に私を澤谷くんに会わせたのは有吉さんなのに。あの人が私と澤谷くんを誘って、卒業以来の顔合わせをしたんだから」

「それが誤算だったんでしょうよ。もしかしたら、美綾を引き立て役くらいに考えていたのかも。それなのに澤谷くん、関心を美綾に向けちゃったんだよね」

愛里の言葉に、美綾は黙りこんだ。過去の場面をあれこれふり返ってみる。

「……そういえば、最初に会ってすぐ、澤谷くんから私だけに会いたいってメールが来て。有吉さんが幽霊を見た話をもってきたのは、それからだった」

愛里は、ほらねという顔をした。それから、慎重な口ぶりになって言った。

「きっと、中学のバンドにいたころから好きだったんだよ。澤谷くんにふり向いてもらえなかったから、今度こそと思っていたんじゃないかな。だから、美綾が近づくのを阻止したいけれど、そういう本心を言うつもりはぜんぜんなかった。美綾が自分から、澤谷くんは不吉で近寄りがたいと思うように仕向けたかったんだよ」

（本心を言うつもりがなかった……）

美綾は、澤谷が言ったことを思い出した。本当の気持ちを言わずに、とっぴな行動に出る有吉智佳。澤谷はそれを見抜いていたし、愛里の推察はたぶん的を射ている。智佳は、中学のときから彼が好きだったのだろう。そして、澤谷が智佳のしたことにずいぶん寛容に見えたのは、智佳の隠れた気持ちにすでに気づいていたからなのだ。

（澤谷くんにとっての有吉さんは、私にとっての香住くんと同じ。あのときそう指摘したのは、これがあったからなんだ。私が、香住くんを忘れてしまえないのは、彼の気持ちに気づいていたからだもの。嫌いでも嫌い抜くことができないのは、その後ろめたさからだった……）

そこまで思い至り、美綾はため息をもらした。

「私って、にぶいなあ」

愛里は笑った。いつものえくぼが浮かぶ。

「この方面は特にね。そうかと思えば過敏なところもあるのにね」

気落ちして美綾は言った。

「なんかね、最近の私って少しおかしくなっていたかも。大学に入ってから調子が狂っていて。このごろいろいろなものをなくすし、気が滅入って、そのせいで幽霊が見えるところまで行っちゃったみたい。これは、有吉さんのせいばかりじゃないよね。急に家族がイギリスへ行っちゃって、ひとりで日本に残ったことが、ちょっとこたえたかなと思ったんだけど」

「家の人がだれもいなくなったこと、もっと早く言ってくれたらよかったのに。寂しいに決まってるよ、そんなのは」

愛里の声は温かく、思いやりがあった。相手を素直な気持ちにさせる。

「そうだね」

「いつでも連絡してよ。気晴らしなら、いくらだってつきあうから」

「うん」

美綾をうなずかせてから、愛里はまじめな表情で言った。

「有吉さんの話を聞いて、これも思い浮かんだんだ。テニスサークルで小さな品が盗難に遭ったり、澤谷くんの運が悪かったりしたでしょう。あれ、陰に有吉さんがいたのかもって。美綾がものをなくしたのだって、もしかしたら、有吉さんがこっそり隠していたのかもよ」

美綾は驚き、それから首をひねった。

「いくらなんでも、そこまでするかな」

「するかもしれないよ。だって、偶然にしては効果的すぎるじゃない。そんなことでもなければ、霊障と言われても簡単に信じられないでしょう」

「でも、気づかれないように持ちものを盗むなんて、陰でねらっている時間もばかにならないのに。そこまで手間ひまをかける価値があるの？」

「必要な演出と思えば、できるんじゃない。全部本人がやらなくてもいいの、いたずらに協力してくれる人がいるなら。あの人、そのくらいはやってのけそう」

知らないだれかに隙をねらわれていたと考えるのは、気分が悪かった。美綾は、しいて想像しないことにした。

「そうだったとしても、とにかく、もう起きないことだね。私、澤谷くんとは結論が出たんだし」

ふり切るように言うと、愛里はななめに見やった。

「断ったこと、本当は後悔してるんじゃないの？」

「そりゃあ、もう少し別の出会い方をしたら、なりゆきが違ったかもしれないとは思うよ。香住くんの事故で澤谷くんを疑ったりしなかったら」

しぶしぶ認めてから、美綾は言った。

「でも、こうなってしまったものは元にもどせないし、ご縁がなかったと思うしか。今一つ本気になれなかったのも確かなの。彼氏にいい人だと思うけれど、最後まで迷っただけで、絶対にとは思えなかった」

愛里は納得した様子だった。

「それならいいよ。美綾の運命の人は、澤谷くんじゃなく別にいるってことで」

四

「結局、私が、有吉さんの澤谷くんへの気持ちに気づけなかったことが、一番の敗因だったみたい。どういうわけか、愛里に言われるまで考えたこともなかった。だまされやすいのかな」

「人間の中でも、暗示にかかりやすい性質だな」

美綾の話を聞いたモノクロは、おもしろそうに言った。

小型犬は、後ろ足のけがが少しよくなるやいなや、補助具をつけたままひょこひょこと動き回り、美綾を心配させるほどだった。けれども、八百万の神が出ているときは、ものぐさに寝そべって動かない。痛いのは苦手だからだろう。

「人間の心情とそれを示す行動のバリエーションは、じつに多彩とわかる。それに、当の人物は言葉として語らず、周りの解釈も内容にばらつきがあるのは、現象として興味深い。これは、人間のあいだに入って初めて見出《みいだ》せることだ。飽きずになかなか楽しめる」

この神が自分の前に現れたことが、幽霊を信じたいきさつに一役買ったと思えてならない美綾は、愉快そうな口ぶりに少しむっとした。発言に突っこんでみる。

「初めてってどういうことよ。一度は人間だったと言ったくせに」

「以前は用意が足りなかった。だから一代で失敗したのだろう」

鼻面をこすって、思い返すように言う。

「それに当時は、成長途上も成人した後も、生き死にに関わる問題で気を取られたように思う。今の人間の難しさはこれだな、神々にも敬遠される些末《さまつ》な関係性の複雑さだ」

「四百年以上たっているんだもん、それだけ進歩するよ」

「進歩かどうかは別として。有吉智佳というおなごは、間近で見るのに格好の興味深いサンプルだった。あのおなごのどういう心理がどういう行動につながるのか、もっと分析してみたいものだ」

美綾はつんとした。

「だから、言ったじゃない。有吉さんを飼い主にしたほうがいいだろうって」

そう言いながらも、今は本気で思っているわけではなかった。モノクロにはずっとここにいてほしかった。人間をめざしているというめずらしい神を、美綾のほうも、もう少し観察していたいのだ。

家族がいないからといって、もうへこたれはするまいと思った。ロンドンへ行ったとしても、これほど例のない出会いに遭遇できるとは思えないのだから。

(日本でやることも学ぶこともたくさんある。それに、親切に支えてくれる人もいる。愛里や、川森先生や、大学の人たち。神様だって少し。この世は、悪意ばかりがあるわけじゃない……)

黒い大きな耳をしたパピヨンは、寝そべったままのんびり言った。

「おぬし、いまだに有吉智佳をうらやんでいるのか。それは、美人だからなのか？」

「うらやんでなんかいないよ。そりゃ美人にはなりたいけど、有吉さんにはなりたくない。人騒がせな人物なんだから」

けれども、自分が少し惹かれていたことは否定できなかった。エキセントリックな奔放さに魅力があったのだ。

「……私とは正反対のタイプだから、近づいてみたかったのは確かだけど」

「おぬしの好みの基準が、まだわからんな。今回はっきりしたのは、澤谷というおのこが、有吉智佳よりおぬしを好んだということだけだ。だが、そこから推定すると、有吉智佳よりおぬしを美人と見なしたのでは？」

モノクロの言葉に、美綾は顔が熱くなった。

「知らないよ、そんなこと」

「おぬしも、言葉と本心は必ずしも同じではないな。これは念頭においておこう」

「そうだよ」

開きなおって、勢いよく言い返した。

「人が言ったことを、額面どおり受け取ってすませるのは、小さな子どものうちだけなの。機械じゃないんだから、自分の気持ちをそのとおりになど言ってない。そこを忘れたら、あなたも人間になんかなれないよ」

「なるほど」

「それに、エチケットも必要。あなた、学んでいないようだけど、私が相手だからといって、何でもずけずけ言っていいとは思わないでよね」

「おぬしはわしに、ずけずけ言うと思われるが」

「私は飼い主だからいいの。そっちはご主人の言うことを守るべきだよ」

モノクロは鼻先をなめた。

「何やら、急に要求が多くなったな」

美綾はため息をついて、口調を抑えた。

「だって、今はわかってきたんだもの。あなたは人間を目指すせいで、神様能力を何も発揮できない神様で、それでいて人間がちっともわかっていない。でも、この世の犬の体は生身だから、けがをするし死にもする。だから、ペットとしてケアしながら、人間がどういうものかを教育する人間が必要なんだって」

相手は、美綾の言ったことを吟味する様子だった。

「おおむね合っているが、教師は必要ないぞ。まあ、おぬしはずけずけ言うがよい。そこからもわしは学べる」

いい機会なので、美綾はもう一つ要求することにした。

「学んでいるのなら、その言葉づかいが古くさいのもわかるでしょう。いい加減言い方を変えたら？　今の時代に合わないよ」

モノクロはけろりとしていた。

「それは知っている。だが、これは当初のままで行くことにした。全面改定するのも二度手間だとわかったのだ。現代用は別立てにして構築し、人間になったときに用いたほうが効率がいい」

　美綾はかるく失望してたずねた。

「人間になれるのっていつのこと？　十年も先だったら、現代用語も変わっているよ」

「わしも、いつまでも犬でいるつもりはない。準備は順当に進めている。それに、おぬしに言われるほど何一つできないわけではないぞ。見せようと思えば、おぬしに人間の姿を見せることもできる」

　美綾は目をまるくした。

「それ本当？　まさか」

「できる。神の言葉は額面どおり受け取っていい」

「それじゃあ、見せてよ。見たら信じる」

「用意するから、そのうちな」

　話に飛びついた美綾を尻目に、モノクロはあくびをし、そのまま昼寝に入ってしまった。

（額面どおりと言ったくせに……）

　腹が立ったが、見ていてもしかたないので、昼ごはんをつくることにした。

　卵を茹でながら、パピヨンが人間に変身するとしたら、その変わり目はどんなふうだろうと想像してみる。

狼男のように変身するのだろうか。映画で見た知識によると、変身途中には半端に両方の特徴をもった、毛むくじゃらの醜い男が出現するはずだ。それとも、瞬時に犬の姿が消えて、人間の姿も一瞬で出現するのだろうか。SF作品で見た、未来から転送された人間のように。

(転送された人間も、服を着ては出てこなかったな。いきなり真っ裸《まっぱだか》の男が現れるってわけね。着るものは、私が用意しておかないといけないってわけ?)

こちらにも用意やら心の準備が必要らしい。それを思うと、モノクロが今すぐ実行しなかったことに安堵できる。

ざっくり刻んだ卵をマヨネーズであえた、茹でたての温かさの残る卵サンドは、美綾の好物の一つだった。黄身の中心がやっと固まったオレンジ色の卵でつくると、いっそう好ましい。さらしタマネギやピクルスやアンチョビを入れても引き立つし、できたてをほおばると、売り物の卵サンドとは別ものに思えるほど味わいが濃いのだ。トーストしたパンにはさむが、これは単にパンを冷凍してストックしてあるからだった。

昼ごはんを食べ終えるころには、モノクロの変身も頭から消え去っていた。タブレット端末を手にソファーに座りこみ、女子向けの情報サイトをながめる。

この夏のファッションに見入っていたとき、モノクロが昼寝からさめて頭を起こした。黒い耳を立ててふり返る。

ていた。

「玄関に人が来ているぞ」

「チャイムは鳴っていないよ」

「鳴らさないが、もうドアの外に来た。わしにはわかる」

宅配便だろうかと玄関の方角を見つめたが、チャイムもノックも聞こえず、しんとしていた。

「勘違いじゃないの」

「いいや、いる。ドアを開ければわかる」

モノクロは確信して言うが、玄関でただ突っ立っている者などいるだろうか。それではまるで不審者だ。そう考えてから、美綾はどきりとした。今日が日曜だったからだ。

（まさか……有吉さん？）

美綾に何かを言いに来て、チャイムを押せずにためらっているのだろうか。少し迷ったが、行ってみることにした。

サンダルをはき、最初はドアを細めに開けた。外に立っていたのは智佳ではなく、若い男性だった。清潔そうな白のTシャツと黒いコットンパンツのいでたちで、業者ではなさそうだが、近所の顔見知りでもない。姿勢もよく、不審者らしい兆候はないが、それで安心はできなかった。たちの悪い勧誘活動の場合もあり得る。

「……何のご用ですか」

「渡会さんですか。今度こちらへ来たので、ちょっとだけごあいさつをと思って」

（引っ越しのあいさつ回り？）

落ち着いた声音であり、どこか聞き覚えがあった。以前にも会ったことのある人だ。

あっと思った美綾は、ドアの隙間を大きく広げた。

姿を見せると、相手は感じよくにっこりした。その顔を見て、美綾は息せき切ってたずねた。

「ひょっとしたら、私と大学で会ってます？　覚えてます？」

「うん、覚えているよ。学期前に、キャンパスできみに道をたずねたっけね」

（……モノトーンのカジュアルを着た、理工学部の人）

夢かとまばたくことしかできなかった。これほどの偶然があるだろうか。一言しか交わさず惜しかったと考えた人物と、自分の家の玄関で再会することになろうとは。

記憶の中で美化しすぎたかと思っていたが、目の前の男子にそんなことはなかった。中背ですらりとして、相変わらず飾り気のないモノトーンを着ているのが愉快だ。美綾を惹きつけた、すっきりしたあごのライン、眉のライン、理知的だが穏やかそうな目もと。

「きみとはご縁がありそうだから、どうぞよろしく。これからは、ときどき出くわすかもしれないね」

以前にも見せた淡泊さで、彼は言った。あいさつとして心がこもっていたが、余分な厚かましさは見せない。すぐ女子になれなれしくするタイプではないのだろう。そのまま行ってしまいそうに見えたので、美綾はあわててたずねた。

「えっと、どこに移ってきたんですか。この近所?」

美綾の家付近には、学生用のアパートは見当たらなかった。あるのはもっと駅寄りの地域だ。だが、この近くでも、知り合いや親戚筋に部屋を借りたということもある。どちらにしても、同じ町に住むなりゆきに胸がおどった。

「うーん、今はまだ、完全に住んでいるとは言えないけど」

あいさつに来た男子は、言いさして美綾を見つめた。

「しいて言えば、ここかな。将来的には」

美綾は、彼が地図か何かを取り出すのだと思って、少し待った。だが、相手は尻ポケットに手を回す様子もなかった。

「ここって?」

「ここだよ。おれの家」

「私の家?」

「そう、おれの家」

美綾は怪しんだ。

「意味が取れないんですけど、ジョーク?」

「言葉どおりの意味しかないし、ジョークでもないよ」

男子は平然としていて、口調にからかいはなく、かといって美綾に何かを訴える様子でもなかった。相手がどうして驚くのかわからないという態度だ。

（この人、うちに空き部屋があるのを知っているのでは……）

美綾は思い当たって、どきりとした。家族が海外へ行ってしまったことをどこかで聞き込んだのだ。美綾がひとりぼっちだということを知る者は、クラスにもサークルにもいないはずだが、有吉智佳なら知っている。

「うち、下宿人を置くことはしてないんですけど。だれかそういう話をしたの？」

相手はかぶりをふった。

「下宿人じゃない。でも、現に同居はいるでしょう」

この人物はどこかおかしいと思い、美綾は少し怖くなってきた。通りすがりに言葉を交わしただけにしては、美綾の身辺を知りすぎているのでは。

「犬を飼ったことまで知っているの。どうして？」

「知らないはずないよ。白黒毛のパピヨンはなじみだ」

美綾はするどく息を吸いこんだ。

「まさかと思うけど、もしかして、あのパピヨンの前の飼い主？」

声を大きくすると、男子は短く笑った。

「どうかなあ。近そうだけど、違うかな。どちらかというと、白黒のパピヨンがおれの飼い主って言ったほうがいいか」

「どういう意味？」

「わかるでしょう、本当は」

　理工学部男子は、また期待するように美綾を見つめた。モノクロのように丸くはなく、アーモンド型の目。モノクロのように見上げるのではなく、美綾より高くから見下ろす目。けれども、黒いまなこの何かが似ていた。

　雷に打たれたように、美綾は気がついた。声に聞き覚えがあったのは、三月の一言二言をしつこく覚えていたせいではない。似ていたのは、モノクロの声だ。言葉づかいがふつうの男子だから、すぐにはわからなかった。

（モノクロは今、ちゃんとリビングにいた。この人は服を着てもいる。だから、考えられない。考えられないけれど……）

「モ……」

　美綾はようやく声を出しかけたが、男子はその前に、片足を引き、体の向きを変えた。

「じゃあ、また今度。今日はあいさつだけだから」

　門へ向かう彼を、美綾は追いかけた。

「待って、まだ名前を聞いてない」

　相手は背中で答えた。

「きみは知っている。きみがつけたから」

「待って、モノクロ」

　止まってくれないので、美綾は思わず手を伸ばし、腕をとらえて引き止めようとした。

しかし、腕にふれても、その手応えがなかった。宙をつかみ、つんのめって倒れそうになる。美綾がたたらを踏んだときには、男子の姿はあとかたなく消えていた。門を出て行ったのではなかった。その場でかき消えたのだ。

茫然とする間もなく、モノクロの声が耳に響いた。

「触るなと注意しそびれたが、触ってはだめだ。あれは映像だから、即座に消えてしまう」

「映像？」

「そうだ。まだ実体化した人間ではない。実体化は無理だが、おぬしが見たいと言うから、将来的な予定映像を見るだけ見せてやった。だが、触覚もかなうとは言っとらんぞ。もっとも、おぬしが触らなくても、今はまだ三分しか映像がもたない」

美綾がリビングに駆けもどると、パピヨンはさっきと同じにじゅうたんに寝そべっていた。まるで何ごともなかったかのようだ。言葉につっかえながら、モノクロに言いつのる。

「何なのよ、いったい。どういうことなのよ。あの人、私が前に大学で会った人じゃない。どうしてあの人をモデルにしたの」

「おぬしが三月に会ったのも、わしだからだ」

モノクロはすましていた。

「人間になることに決めて、大学でしばらく学生たちを見聞して、ざっとモデルを作ってみたのがあのころだった。そこをたまたまおぬしが通りかかったので、ものは試しで像を映じてみたのだ。避けられずに好意的に会話できるとわかったので、その後の方針を決めた」

美綾はあきれて息を吸った。

「まさか、あのときも、人じゃなくて３Ｄ映像だったというの」

「そのとおりだ。しかも、あのころは四十五秒しかもたなかった」

「何なのよ、それ」

ひざから力が抜けそうだった。あのときのモノトーン男子が、美綾にはどことなく澄んで感じよく見えたのは、人ではなく３Ｄ映像だったからなのだ。神の創りしお試し映像だったからで、男子自身がそなえたものではなかった。

「私、あの人のこと……」

実体のない映像に恋の予感を抱いたかと思うと、髪をかきむしりたくなる。

座りこんで頭をかかえた美綾に、モノクロは機嫌よく言った。

「まだ気にしなくていい。実現はどうせとうぶん先なのだ。それまでにやらなくてはならないことが、まだたくさんある。一度人間になれば器の修正はきかないから、今はパピヨンで過ごして、あれこれ知識を得るほうが都合がいい。しかし、おぬしが、いまだにあのときの四十五秒を覚えているとは知らなかったぞ。この家に来てから話題にならなかったではないか。だが、そんなに印象に残るものなら、あまり修正しないで使ってみるかな」

答える元気もなく、美綾は考えた。

(日本に残って、この神様と暮らすことに決めたはいいけれど、この先も度肝を抜かれることがたくさん起こるにちがいない。平穏な日々にはならないのでは……)

まだまだ先の波乱が思いやられるのだった。自分の将来も、見つけるべき天職も、見つけるべき恋も、神の変身の果ても、人間としての成否も、明日はどっちだという気分だった。

本書は、二〇一六年一月に講談社タイガより刊行されました。

エチュード春《はる》一《いち》番《ばん》

第一曲《だいいっきょく》　小犬《こいぬ》のプレリュード

荻原《おぎわら》規《のり》子《こ》

令和2年 10月25日　初版発行
令和6年 6月30日　5版発行

発行者●山下直久

発行●株式会社KADOKAWA
〒102-8177　東京都千代田区富士見2-13-3
電話　0570-002-301(ナビダイヤル)

角川文庫 22367

印刷所●株式会社KADOKAWA
製本所●株式会社KADOKAWA

表紙画●和田三造

ISBN 978-4-04-109024-4　C0193

◆◇◇

角川文庫発刊に際して

角川源義

第二次世界大戦の敗北は、軍事力の敗北であった以上に、私たちの若い文化力の敗退であった。私たちの文化が戦争に対して如何に無力であり、単なるあだ花に過ぎなかったかを、私たちは身を以て体験し痛感した。西洋近代文化の摂取にとって、明治以後八十年の歳月は決して短かすぎたとは言えない。にもかかわらず、近代文化の伝統を確立し、自由な批判と柔軟な良識に富む文化層として自らを形成することに私たちは失敗して来た。そしてこれは、各層への文化の普及滲透を任務とする出版人の責任でもあった。

一九四五年以来、私たちは再び振出しに戻り、第一歩から踏み出すことを余儀なくされた。これは大きな不幸ではあるが、反面、これまでの混沌・未熟・歪曲の中にあった我が国の文化に秩序と確たる基礎を齎らすためには絶好の機会でもある。角川書店は、このような祖国の文化的危機にあたり、微力をも顧みず再建の礎石たるべき抱負と決意とをもって出発したが、ここに創立以来の念願を果すべく角川文庫を発刊する。これまで刊行されたあらゆる全集叢書文庫類の長所と短所とを検討し、古今東西の不朽の典籍を、良心的編集のもとに、廉価に、そして書架にふさわしい美本として、多くのひとびとに提供しようとする。しかし私たちは徒らに百科全書的な知識のジレッタントを作ることを目的とせず、あくまで祖国の文化に秩序と再建への道を示し、この文庫を角川書店の栄ある事業として、今後永久に継続発展せしめ、学芸と教養との殿堂として大成せんことを期したい。多くの読書子の愛情ある忠言と支持とによって、この希望と抱負とを完遂せしめられんことを願う。

一九四九年五月三日

角川文庫ベストセラー

RDG6 レッドデータガール
星降る夜に願うこと
荻原規子

泉水子は学園トップと判定されるが…。国際自然保護連合は、人間を救済する人間の世界遺産を見つけだすため、動き始めた。泉水子と深行は、誰も思いつかない道へと踏みだす。ついにRDGシリーズ完結！

RDG レッドデータガール
氷の靴 ガラスの靴
荻原規子

冬休み明けの学園に戻った真響は久しぶりに会う泉水子の変化に気がつき焦りを感じていた。そんなある日、真響の許嫁をめぐり宗田家によってスケート教室が仕組まれるが、予想外の凶事が起きてしまって。

西の善き魔女1
セラフィールドの少女
荻原規子

北の高地で暮らすフィリエルは、舞踏会の日、母の形見の首飾りを渡される。この日から少女の運命は大きく動きだす。出生の謎、父の失踪、女王の後継争い。RDGシリーズ荻原規子の新世界ファンタジー開幕！

西の善き魔女2
秘密の花園
荻原規子

15歳のフィリエルは貴族の教養を身につけるため、全寮制の女学校に入学する。そこに、ルーンが女装して編入してきて……。女の園で事件が続発、ドラマティックな恋物語！　新世界ファンタジー第2巻！

西の善き魔女3
薔薇の名前
荻原規子

女王の血をひくフィリエルは王宮に上がり、宮廷デビューをはたす。しかし、ルーンは闇の世界へと消えてしまう。ユーシスとレアンドラの出会いを描く特別短編「ハイラグリオン王宮のウサギたち」を収録！

角川文庫ベストセラー

西の善き魔女4
世界のかなたの森

荻原規子

竜退治の騎士としてユーシスが南方の国へと赴く。フィリエルはユーシスを守るため、幼なじみルーンへの思いを秘めてユーシスを追う。12歳のユーシスを描く特別短編「ガーラント初見参」を収録！

西の善き魔女5
闇の左手

荻原規子

フィリエルは、砂漠を越えることは不可能なはずの帝国軍に出くわし捕らえられてしまう。ユーシスは帝国の兵団と壮絶な戦いへ……。ついに、新女王が決まる!? 大人気ファンタジー、クライマックス！

西の善き魔女6
金の糸紡げば

荻原規子

8歳になるフィリエルは、天文台に住む父親のディー博士、お隣のホーリー夫妻と4人だけで高地に暮らしていた。ある日、不思議な子どもがやってくる。フィリエルとルーンの運命的な出会いを描く外伝。

西の善き魔女7
銀の鳥　プラチナの鳥

荻原規子

女王の座をレアンドラと争うアデイルは、帝国の動向を探るためトルバート国へ潜入する。だがそこには巧妙に張り巡らされた罠が……事件の黒幕とは!? 幻の短編「彼女のユニコーン、彼女の猫」を収録！

西の善き魔女8
真昼の星迷走

荻原規子

フィリエルは女王候補の資格を得るために、ルーンは騎士としてフィリエルの側にいることを許されるために。お互いを想い、2人はそれぞれ命を賭けた旅に出る。旅路の果てに再会した2人が目にしたものとは!?

角川文庫ベストセラー

薫風ただなか　あさのあつこ

江戸時代後期、十五万石を超える富裕な石久藩。鳥羽新吾は上士の息子でありながら、藩学から庶民も通う郷校「薫風館」に転学し、仲間たちと切磋琢磨しつつ勉学に励んでいた。そこに、藩主暗殺が絡んだ陰謀が。

鹿の王 1　上橋菜穂子

故郷を守るため死兵となった戦士団〈独角〉。その頭だったヴァンはある夜、囚われていた岩塩鉱で不気味な犬たちに襲われる。襲撃から生き延びた幼い少女と共に逃亡するヴァンだが!?

鹿の王 2　上橋菜穂子

滅亡した王国の末裔である医術師ホッサルは謎の病を治すべく奔走していた。征服民だけが罹ると噂される病の治療法が見つからず焦りが募る中、同じ病に罹りながらも生き残った囚人の男がいることを知り!?

鹿の王 3　上橋菜穂子

攫われたユナを追い、火馬の民の族長・オーファンのもとに辿り着いたヴァン。オーファンは移住民に奪われた故郷を取り戻すという妄執に囚われていた。一方、岩塩鉱で生き残った男を追うホッサルは……!?

鹿の王 4　上橋菜穂子

ついに生き残った男――ヴァンと対面したホッサルは、病のある秘密に気づく。一方、火馬の民のオーファンは故郷を取り戻すために最後の勝負を仕掛けていた。生命を巡る壮大な冒険小説、完結！